JN213742

EVERYTHING YOU KNOW ABOUT
ENGLAND IS
WRONG

あなたが知っている英国はすべて間違い

歴史、王室、芸術から食べ物、エンタテインメントまで

マット・ブラウン
MATT BROWN

風早さとみ 訳

原書房

あなたが知っている
英国はすべて間違い

ローラとタラへ、ここでの暮らしを離れてもう一〇年になるが、おそらくわたしよりもイングランドに詳しいふたりに捧ぐ

目次

国家のしくみ　90

英国の伝統と特徴　120

歴史に書かれた間違い　150

誤解されているイングランドの偉人たち　178

はじめに

「わたしはUK、すなわち連合王国を心から尊敬している。心からね。ブリテンと呼ばれたり、グレートブリテンと呼ばれたり。かつてはイングランドとも呼ばれていた」
——ドナルド・トランプ、二〇一八年八月三日

人は、イングランドのことをあまりよくわかっていない。第四五代アメリカ合衆国大統領が、まさにその最たる例だ。イングランドは国歌のない国であり、ひとつのカントリー（国）ではあるが主権国家ではない。民主主義を世界に広めたことを誇りにしているが、成文憲法もなければ、権限委譲された独自の議会もない。イングランドの守護聖人は、イングランドを訪れたこともなければ、イングランドという名前すら聞いたことがない。この国は相違、矛盾、反例に満ちている。イングランドについてあなたが知っていることは、あれもこれも間違いだらけだ。

この本は、一般に信じられている俗説や誤解について扱ったシリーズの第七弾だ。イングランドとイギリス（英国）のアイデンティティが流動的な時期に刊行された。欧州連合（E

U）からの離脱により、この国は不透明な立場にある。この先に何が待っているのか、誰にもわからない。しかし、わたしたちの多くは、過去に何があったかも本当はよくわかっていないと言える。

この国の事実としてとくにありがたがられている事柄さえ、実は疑わしかったりする。ヘンリー八世には本当に六人の妻がいた？ イングランドでいちばん長い川はセヴァーン川？ Shrewsbury の発音は本当にそれでいい？ イングランドは矛盾に満ちていて、それを紐解く必要がある。『あなたが知っている英国はすべて間違い』が目指すのは、その紐解きによって、あなたを笑顔にすることだ。

ここでは主にイングランドに焦点を当てているが、必要に応じて、より広範な俗説についても取り上げる。たとえば、ユニオンジャックは誤解という旗竿ではためいている。これはイングランドではなくイギリスの象徴だが、イングランドについての本の中で扱ってもおかしくはないだろう。逆に、首都限定の俗説は除外している。カラスがいなくなってもロンドン塔が崩壊しない理由とか、ビッグ・ベンが鐘の名前ではない理由を知りたい場合は、ぜひ『*Everything You Know About London Is Wrong*（あなたが知っているロンドンはすべて間違い）』（二〇一六年、未訳）をご覧あれ。

また、ヨーロッパにおけるイギリスの立ち位置についての話題も避けた。ブレグジットはあまりに多くの紆余曲折を経て推移中なので、ここでそれを扱うのは無理があるし、すぐに情報も古くなってしまうだろう。これは主に文化と歴史に関する本なので、政治家については割愛した。ただし、ウィンストン・チャーチルは登場する。あとドナルド・トランプも。

あえて取り上げていないトピックもある。ばかばかしく、ありきたりで、わかりきっているようなことは、ネットのまとめ記事にまかせておこうと思う。イングランドが霧に包まれているなんて、もう誰も思っていない。イングランドの人々は食に関心がないと思っているなら、昼間のテレビをぼーっと見るだけで、そんな考えは覆される。全員がロンドン訛りの韻を踏んだスラングで話しているわけでもないし、歯並びが悪いわけでもないし、ウナギのゼリー寄せやヨークシャー・プディングを食べて暮らしているわけでもない。この本で扱うステレオタイプはさほど多くはない。ただし、英国人の紅茶とスコーン好きの話はするが……これがなかなか興味深いのだ。

このシリーズすべてに共通することだが、この本は、一般通念を鼻で笑っておおいに楽しもうという趣旨のものだ。間違っていることは、正しいことよりもずっと心に残りやすい。だから、長いあいだ信じてきた「事実」がひっくり返ったり、とっておきの小ネタがガセだったとわかったりしても、がっかりしないでほしい。思い誤るのが人間というもの。人工知能（ＡＩ）が迫り来るこの時代、人間ならではの誤ったあり方をもっと大切にすべきだろう。

では、ページをめくって、寝っ転がってイングランドに思いを馳せよう。あるいはブリテンに、あるいはＵＫに。ではさっそく重箱の隅を突つきに行こう！

この緑豊かな心地よい地

イングランドとはいったいなんなのか？　その国境はどこ？
いちばん長い川は？
いちばん高いビルは？
まずはいくつか定義するところから始めよう。

CORBRIDGE
SLE

イングランドとブリテンとUKはどれも同じもの？

なぜUKにはイングランド、スコットランド、ウェールズ、北アイルランドのサッカーチームがあるのに、オリンピックには「チームGB」として出場するのだろう？　自動車の国際ナンバープレートでは、なぜこの国はUKではなくGBと表記されるのだろう？　ロンドンは、イングランドの首都なのか、グレートブリテンの首都なのか、連合王国の首都なのか、それともこれらすべての首都なのか？　アイルランドはブリテン諸島（British Isles）の一部であるが、ブリティッシュ（British）ではない——いったいどういうことだ？

複雑に絡み合った領土は、国外の人々だけでなく、住民やその方面の権威筋にとっても、つねに混乱の種となっている。連合王国の地図作成機関であるイギリス陸地測量部がさまざまな用語のオンラインガイドを公開したときも、読者から誤りを指摘され、少なくとも二回の改訂を行った。これは、サッカーのオフサイドのルールを説明するようなものだ。基本を押さえたとしても、細かい部分や例外、グレーな部分まで考慮しなければならない。オタクになったつもりで、いまからこれらの違いを紐解いてみたい。

いちばん大きなところから始めよう。地球上のこの地域を指して、人々が使う最も広い用語が「ブリテン諸島（the British Isles）」だ。通常、ブリテン諸島は地理的な用語で、フランスの北西沖にあるすべての島と領土が含まれる。イングランド、スコットランド、ウェールズ、アイルランドの両地域、マン島、オークニー諸島、チャンネル諸島……緑色になっていて青色に囲まれているなら、そこはブリテン諸島だ。

わかりやすい用語だろう。しかし、ここには政治的対立が詰まっている。アイルランドはかつて連合王国の一部だったが、一九二二年に独立を果たした(アイルランド自由国として)。アイルランド人が「ブリテン諸島」という表現に顔をしかめるのも無理はない。純粋に地理的な意図で使われるにしても、「British」という形容詞が持つ支配的なニュアンスを感じずにはいられないからだ。とはいえ、満足のいく代わりの用語を、いまだに誰も考案できていない。「諸島」、「大西洋列島」、「アングロ＝ケルト諸島」などが提案されているが、どれもそれぞれ問題がある。慎重な作家やアナウンサーは、たいていの場合、「UKおよびアイルランド」と言う傾向にある。

では、次のレベルに掘りさげていこう。ブリテン＝アイルランド諸島（別の代替案を使ってみるなら）には、主権国家はふたつしかない。連合王国とアイルランド共和国だ。アイルランド共和国（RO）はわかりやすい。アイルランド島の五分の四を占めている。残りの五分の一は北アイルランドで、こちらは連合王国の一部だ。ここで混乱を招くことを書かせてもらうが、アイルランド島出身の人々は、いずれの地域の生まれであっても、政治的見解や個人の好みによって、自分のことをとりあえずアイルランド人と呼ぶ場合が多い。

連合王国とは、イングランド、北アイルランド、スコットランド、ウェールズという四つのカントリー（国）が合体したものだ。この四カ国はいずれも主権国家ではないが、イングランド以外の三カ国には、権限を委譲された立法議会がある。一六〇三年、スコットランドのジェームズ六世が、ジェームズ一世としてイングランドの王位を継承したことが、連合王国への第一の兆しとなった。それから合同法（一七〇七年）によって、グレートブリテン王国という単一の国家に統合されるまで、両国は一〇〇年にわたって国王を共有していた。連合王国という表現が一般的になったのは、一八〇一年にアイルランドと連合してからだ。

既に、ちょっと込み入ってきているのがわかるだろう。気を引き締めて、ここからが本題だ。グレートブリテンとは、とても理解しにくい概念である。というのも、ふたつの定義があるからだ。ひとつは地理的なもので、グレートブリテンとは、単にこの地域でいちばん大きな島――イングランド、スコットランド、ウェールズのある、かじられたクロワッサンのような形の島――のことを指す。この意味では、ワイト島やスコットランドの島々（強いてたとえるなら、クロワッサンの食べかす）は、グレートブリテン島には入らない。しかし、より一般的なのは、政治的な文脈で使われるグレートブリテンのほうだ。この場合、UKの一部だけれど北アイルランドではないところ、という意味になる。

もう一度ズームアウトして、おさらいしよう。イングランド、スコットランド、ウェールズの三カ国が集まって、グレートブリテンを形成している。そこに北アイルランドを加えると、連合王国という主権国家になる。アイルランド共和国を合わせれば、ブリテン諸島（ほかの政治的に中立な用語を使いたければ、お好きにどうぞ）のできあがりだ。少なくとも初級レベルでは、これだけは押さえておきたい。

既に、「おい、おまえ、マン島（the Isle of Man）はどうなんだ?」と叫ぶ声が聞こえてくる。たしかに。リーズほどしかないこの小さな島は、北アイルランドとイングランド北部のあいだのアイリッシュ海に浮かぶ、政治的に奇妙な島だ。マン（Mann）［と、より簡潔に呼ばれるが、こちらはnがふたつあることに注意］は、連合王国やグレートブリテンの一部ではない。[1] 王室属領（CD）という、マン島領主の称号を持つ英国君主の所有地である。マン島の住民は英国国民とみなされ、パスポートにもそう記載されている。しかし、この島は欧州連合（EU）には一度も加盟したことがない。住民たちは、許可なくほかのEU加盟国で働

1　ちなみに、マン島の議会は、世界最古の議会のひとつに数えられている。ティンワルドといい、一〇〇〇年以上前からあるとされているが、記録は定かではない。アイスランドのアルシンクという議会と同じくらい長い歴史を持つ。ここで触れたのは、ウェストミンスターの議会がたいして古くもないのに、しばしば「議会の母」などと呼ばれているからだ。

くことはできない。

グレートブリテンの南には、別のふたつの王室属領がひっそりと浮かんでいる。ガーンジー代官管轄区とジャージー代官管轄区――あるいはチャンネル諸島とも呼ばれる――も、マンと似たような立ち位置だ。自治権を持ち、UKやグレートブリテンの一部ではないが、そこに住む人々は英国国民とみなされている。オルダニー島やサーク島などのさらに小さな島々は、ふたつの代官管轄区のいずれかに属している。

あと少しだ。最後に、イギリスととりわけ密接な関係にあると主張する、世界各地の一四の属領について話しておこう。イギリスの海外領土（BOT）、簡単に言えば、独立を宣言していないイギリス帝国のかけらだ。王室属領と同じく連合王国の一部ではないが、防衛と外交を英国に委任しており、英国君主を国家元首として見ている。「見ている」と言ったが、属領のうちの三地域（英領南極地域、英領インド洋地域、サウスジョージア・サウスサンドウィッチ諸島）には定住者がいないため、実際に見ている人はいない。

イギリスの海外領土の中でも、バミューダ、ケイマン諸島、フォークランド諸島、ジブラルタルあたりはよく知られている。いちばん珍しいのは、キプロス島のアクロティリおよびデケリアではないだろうか。キプロス統治の飛び地や、島を分ける国際連合キプロス緩衝地帯などと複雑に隣接しあう、二つの離れた地域からなる。イギリスの主権下にある属領の中で唯一、ユーロを公式通貨として使用している。

以上だ。なんと、めちゃくちゃな定義だろう。細かいことにうるさい衒学者タイプの読者なら、少なくとも三つの不正確さに気づいたはずだ。こんな定義づけ、誰がやってもうまくいくわけがない。なぜなら、これらの用語の多くはどうとでも解釈できるし、別の読み方ができるからだ。その分野の権威だって、この主格のもつれにどっぷりはまり込んでいる。オリンピックに出場するイギリス選手団のブランド名である、「チームＧＢ」を例に取ろう。この用語は、別々の競技をする選手たちをひとつにまとめ上げることを意図して、今世紀への変わり目に採用された。当然ながら批評家たちは、この名称がグレートブリテン（ＧＢ）の一部ではない北アイルランドの選手を除外するものだと指摘している。チームＵＫのほうがもっと包括的かもしれないが、いかんせん響きが悪い。またこれだと、王室属領やイギリスの海外領土から出場する選手たちを無視することになる。だからといって、チームＵＫ＋ＣＤ－ＢＯＴという選択肢もまずありえない。そのうちオリンピック競技に人工知能（ＡＩ）が選出されだしたら、お手上げだろう。

わたしがこの本の大部分でブリテンやＵＫではなくイングランドに焦点を当てたのも、主にこのような愚かしさを避けたかったからだ。その点、イングランドなら問題ない。よく理解されている明快な国だから。誤解の余地なんてほとんどないはず……？

イングランドに初めて人々が定住したのは、一万二〇〇〇年前の氷河時代の終わり？

現代の住みよい、なじみのイングランドを紹介する前に、まずはこの国の最古の起源を振り返ってみたい。人類はいつから、この緑豊かな心地よい地を歩き、故郷と呼んできたのだろうか？　人々がこの地へ移動してきたのは、最終氷期が終わる頃、約一万二〇〇〇年前[2]だったのではないかと、なんとなく想像するかもしれない。それ以前は、この島の大部分が氷床で覆われていた。人間も、その捕食動物も、踏み入ることのできない地だったはずだ。

この寒冷の時期には、イギリスに人は住んでいなかったようだ。氷が後退してようやく、人類がどっと押し寄せてきた。最初の定住者がやってきたのは、一万二〇〇〇年前、もっと

2　厳密に言うと、氷河期は実際には一度も終わったことがなく、わたしたちはいまも氷河時代に生きている。詳しくは、『*See Everything You Know About Planet Earth Is Wrong*（あなたが知っている地球はすべて間違い）』（二〇一八年、未訳）を参照のこと。

わたしたちの先祖っぽく言うなら、曾（×五〇〇）祖父母の時代だった。

彼らは、ボートをつくってイギリス海峡を航行する必要はなかった。北部の寒冷地域では、ほとんどの海水がまだ氷に閉ざされていたので、いまよりも海面が低かった。イギリスも、ドッガーランドと呼ばれる大平原でヨーロッパ大陸とつながっていた。わたしたちの先祖は、ただ歩いてやってきたのだ。海面の上昇によって、この陸橋は海に沈んだ。しかし、それはおそらくあなたが想像しているほど昔のことではない。最終的にイギリスが島となったのは、紀元前六五〇〇年頃、つまりストーンヘンジの最初期の造形物が現れる、わずか三〇〇〇年前にすぎない。（国民投票もなく）本土から切り離されたにもかかわらず、わたしたちが現在イングランドと呼ぶ地域は、ブレグジットの時代まで――そして願わくば、その先の時代まで――人々の住む地でありつづけた。

イギリスには、約一万二〇〇〇年にわたって途切れなく定住者がいるというわけだ。しかし、もっと以前に、この島々に定住した「ブリトン人」がいた。イギリスの人類先史時代は、実ははるか昔、一〇〇万年近く前まで遡る。

そのような底知れぬ年月のあいだに、氷に覆われて居住不能になったり、そこそこ暖かくなったりと、気候は幾度となく変動した。氷が後退するたびに、人々が移り住んできた。記録に残る最古のヒトは、わたしたちの種であるホモ・サピエンスとは違った。ノーフォーク北東部のヘイズブラ（Happisburgh）[3]から出土した石器は、少なくとも八一万四〇〇〇年前、おそらくはもっと古いものとされる。

これらの石器は、イングランド（とヨーロッパ）に最初に住んだとされる、ホモ・アンテセッサーと呼ばれるヒト属の種によってつくられた。骨はまだ見つかっていないが、驚くべきことに彼らの足跡が確認されている。二〇一三年、ヘイズブラで発生した異常な潮汐によって砂の表面層が洗い流されたところに、大人と子どもの足跡が出現したのだ。いまはもう洗い流されてしまったが、これはアフリカ以外で確認されている最古のヒトの足跡だった。これらの足跡は、現在のグレート・ヤーマスのほうへと向かっていた。

ほかの人類も、何万年のあいだに繰り返しやってきては去っていった。およそ四〇万年前、ネアンデルタール人がイギリスにやってきた。ケントのスウォンズクームという町には、彼らの到来を記念した碑がある。地元の自然保護区の中央に、石斧の彫刻がそびえるように立っている。地面に置かれたプレートには、ジュラシック・パークとまではいかないが、まっすぐな牙を持つゾウがかつてこのあたりを歩き回っていたことが記されている。

ネアンデルタール人が去った一八万年前から六万年前まで、イギリスには人類はいなかったと思われる。ネアンデルタール人はおよそ四万年前に現生人類に吸収され、やがて取って

3　これはヘイズブラ（Haze-bro）と発音する。イングランドの地名の奇妙な発音については、これ以降も頻繁に出てくる。

代わられた。彼らの定住期間は、気候が一方に傾き、また一方に傾くのに合わせて、断続的だった。現生人類は、一万二〇〇〇年以上、おそらく最長期間にわたってイギリスに定住している。これからも末長くそうあることを願う。

UKの最長距離はランズ・エンドからジョン・オ・グローツまで？

英国人は、この壮大な旅に不思議議と想像力をかき立てられるようだ。イングランドの最南西部のランズ・エンド岬と、スコットランドの北東端のジョン・オ・グローツ[4]は、人気の耐久旅のスタート地点とゴール地点とされている。気晴らし、慈善活動、個人の目標達成など、この旅にチャレンジする人々はあとを絶たない。

たいていは徒歩で挑むが、スケートボード、車椅子、公共交通機関のみを使って、はたまた一輪車で完遂した人もいる。二〇一三年には、ショーン・コンウェイという大胆なアスリー

4 公式の表記については意見がまとまっていないようだ。地元の観光サイトはJohn O'Groatsという表記にこだわっているが、WikipediaではJohn o' Groatsが採用されている。スコットランド政府観光局はどちらも使用している。コーンウォール議会は、二〇一八年、ランズ・エンド岬にはLand's Endとアポストロフィをつけることと正式に定め、長年の混乱に終止符を打った。

トが、海岸沿いをぐるっと泳いで到達した。裸足で旅した人もいる。異性装でトレッキングした人が少なくともふたり。裸で歩き回った人がひとり。ゴリラの格好をして、手漕ぎ式の三輪自転車で走破した人もいる。二点間をつなぐ無形の旅を象徴的なものにしようとすると、こんな感じになるのだろう。

これだけ多くの人が巡礼しているのだから、ルートと距離はきちんと決まっているはずと思うかもしれないが、そんなことはない。伝統的な距離――両端にある有名な道標に記された距離――は一四〇七キロメートル（八七四マイル）となっている。しかし、慎重にルートを選べば、一三一〇キロメートル（八一四マイル）まで短縮できる。この旅を完遂したカラスはまだいないが、鳥が飛ぶとするなら、ルートはわずか九七〇キロメートル（六〇三マイル）になる。自宅のリビングから一歩も出ずに、このルートを完走した人もいる。二〇一六年、アーロン・プジーが、Googleストリートビューに接続したバーチャル・リアリティのヘッドセットを使って、エアロバイクで走行したのだ。一方、徒歩で挑む多くの人は、一般道路を外れて景色のよいルートを選びたがる。この定番の小道を辿ると、およそ一九〇〇キロメートル（一二〇〇マイル）になる。選択肢は無限だ。

ふたつの終点もまた、少々いい加減だ。コーンウォール[5]のランズ・エンド岬はたしかに

5 この地方の話題のうちに、もうひとつの俗説を正しておこう。「イングランドのカウンティの中でいちばん海岸線が長いのはどこだ?」と、パブクイズでよく出題される。もちろん、答えはコーンウォールだ。五分の四が海に囲まれているのだから。すると、出題者はくすくすと笑いながら、答えは「エセックスでした!」と明かす。イギリス陸地測

イギリス最南西端に位置するが、公式のビジターセンターと道標があるところが最南西端なわけではない。そこからすぐ北の、ドクター・シンタックス・ヘッドという特別な名前のついた場所のほうが、もっと西に位置している。危険な崖なので、一般の観光客がそこに立つことはできない。ジョン・オ・グローツはさらに曖昧だ。ビジターセンターは湾のカーブした凹みの部分にあり、両側の海岸線のほうが北にある。実際に行ったことがある人にはわかりきっていることだが、もっと北やもっと東の地点がある。あと一、二マイル歩けば、ダンカンズビー岬に着く。こっちのほうが最北東端の候補地点として、よりふさわしそうだ。イギリス王立鳥類保護協会自然保護区のダンネット・ヘッドまで西に向かえば、さらに北へ行くことができる。

量部――この問題について、彼ら以上の権威はいないだろう――によれば、コーンウォールが正解で間違いない。彼らの測量によると、エセックスよりもコーンウォールのほうが約一八一キロメートル（一一二マイル）長い。

ハドリアヌスの城壁はスコットランドとの国境を示している?

ランズ・エンド岬からジョン・オ・グローツまで、この国を歩いて縦断するのはちょっと大変そうだが、横断ならばはるかに簡単だ。東西の海岸から海岸までの距離がいちばん短いイングランドの首根っこ部分は、ちょうどハドリアヌスの城壁のルートと一致する。このローマ帝国時代の要塞は、カンブリアのソルウェー湾から東海岸のタイン川河口まで、一一七・五キロメートル(七三マイル)に及ぶ。郊外、田園地帯、なだらかな丘陵、氾濫原など、さまざまな地形を横切るトレッキングルートだ。わたし個人の経験から言わせてもらうと、足に水ぶくれをつくらずには横断できない。

ハドリアヌスの城壁の建設は一二二年に開始され、約六年がかりで完成した。ローマ帝国の強風吹き荒れる北限を横断するこの城壁は、ローマ人がそれまでに実施した建設工事の中でも、とりわけ卓越した偉業に数えられる。残念ながら、いまでは構造物の一〇パーセントほどしか残っていない。

地球上のあらゆる古代建造物と同じように、ハドリアヌスの城壁もたくさんの神話と幻想に彩られている。誤解されていることがあまりに多いので、細かく分けて見ていこう。

ハドリアヌスの城壁はスコットランドとの国境を示している

いいや、示していない。国境とは一カ所たりとも重なっていない。ハドリアヌスの城壁は、すっぽりイングランド内にある。東端にいたっては、スコットランドから約一〇九キロメートル（六八マイル）――ロンドン中心部からカンタベリーほどの遠さ――も離れている。たしかに、西端はスコットランドまで一キロメートル以内と接近しているが、これほど国境に近いのは、ここ一地点のみだ。

といっても、かつてはスコットランドとの国境を示していたこともあったのでは？

いいや。ハドリアヌスの城壁が国境を示したことは一度もない。もう一度、東端を見てほしい。ニューカッスルの真ん中を通っている。ここより北に位置するイングランドの地域がたくさんあるのは今も昔も変わらない。そのあたりはノーサンバーランドと呼ばれている。

だがハドリアヌスの城壁は、ローマン・ブリテンと異民族の住む北部との境界を示していた

ハドリアヌスの城壁は、象徴的に境界としての役割を果たしていたかもしれないが、現実はもっと曖昧なものだった。ローマ帝国の兵士たちは、ことあるごとにさらに北へと進軍しては、領土を占領した。ハドリアヌスの城壁より一世代あとに建設された、アントニヌスの城壁がその一例だ。この土の防塁は、ハドリアヌスの城壁から北に約一六一キロメートル（一〇〇マイル）のところにあったが、わずか二〇年ほどで放棄された。それ以前にも、ローマ人はハイランド地方のふもとに砦と野営地を築いたことがあった。ガスク・リッジと呼ばれるこれらの防御設備は、ハドリアヌスの城壁が建設される数十年前に、わずか数年のあいだだけ使われていた。ローマ人がただ砂に線を引いて、それを越えるべからずとやっていたわけではない証拠だ。さらにローマ人の前哨基地と思われるものが、インヴァネスあたりのさらに北部でも発見されている。

ハドリアヌスの城壁は、異民族がローマン・ブリテンに侵攻してくるのを防ぐための軍事的防壁だった

防御の目的もあったが、それだけではない。ハドリアヌスの城壁は、全面攻撃を跳ね返したり、長期の包囲に耐えたりできるつくりにはなっていなかった。守備についていたのは、ローマ帝国軍の本格的な戦闘部隊ではなく補助部隊だった。おそらく、もっと象徴的な抑止

力として機能していたはずだ。この線を越えたら、ローマ帝国の領土に正式に入ることになる。そうなれば、こっちも黙ってはいないぞ、という程度のものだったのではないだろうか。むしろ商取引、移民、税の動きを監督する検問所としての役割のほうが主だった。

ハドリアヌスの城壁はイングランドでいちばん長い要塞である

ハドリアヌスの城壁は、ローマ帝国最長の遺構と考えられているが、イングランド最大の要塞ではない。これについては、ウェールズとの国境にほぼ沿ってつくられたオファの防塁に触れないわけにはいかないだろう。この防塁――堤の下に溝が掘ってあった――は全長約二四〇キロメートル（一五〇マイル）に及び、ハドリアヌスの城壁のおよそ二倍の長さがある（ただし、防塁のない区間がかなり長いが）。その起源ははっきりとしていない。通説では、七五七〜九六年まで在位したマーシア王国のオファ王によってつくられたとされている。オファ王は、隣接するウェールズのポーイス王国からマーシア王国を守るためにこの防塁を築かせたという。

さすがに名称くらいは正しいはず。ハドリアヌスの城壁と言うのだから、それは壁だった

もちろん壁もあるが、その構造は単純に石を積み重ねたものよりもはるかに複雑だった。小塔、小砦、大砦が、連なる壁のあいだに一定の間隔で置かれていた。北側には見事な堀――いまもところどころに残っている――が沿うようにつくられ、南側には一本の軍用道路、ふたつの連なる土塁、小さめの堀があった。これを壁と呼ぶなんて、ニューヨークを象徴するあの立派な像を「自由の階段」と言うようなものだ。

でも、その建設を担ったのはハドリアヌス帝では?

そのとおり! ハドリアヌスの城壁について、正しい事実もひとつはあったことを知って、いまさらながら驚くかもしれない。ハドリアヌスの城壁の建設は、一二二年にイギリスを訪問中のローマ皇帝ハドリアヌスによって命じられた。構想自体はもっと以前からあったかもしれないが、それを実現できる力があったのがハドリアヌスだった。ただし、「ハドリアヌスの城壁」という名称は、より最近になってつけられた。ローマ人や隣国の人々がどう呼んでいたかはわからない。

イングランドで最長の川はセヴァーン川？

イングランドで最長の川というアイデンティティは、これ以上ないほどに揺るぎない事実のように思われる。学校でも、セヴァーン川がいちばんだと習う。ブリストルを通り、グロスターを抜け、テュークスベリー、ウスター、シュルーズベリーと、まるで外国人にとって難しい発音のタウンを探すかのように、くねくねと内陸へ入り込んでいく。全長三五四キロメートル（二二〇マイル）のセヴァーン川は、公式には三四六キロメートル（二一五マイル）のテムズ川よりわずかに長い。なんでもいちばんに慣れているロンドンっ子はへそを曲げるかもしれないが、イングランドで最長の川はセヴァーン川だ。どんなにあら探しをしようと、この事実は変えられない。

いや、それができるのだ。理由はふたつある。ひとつは地図を見ればすぐわかる。テムズ川はイングランド国内のみを流れているが、セヴァーン川は湾曲してウェールズに向かう。

ウェールズの丘陵を流れるその旅は、川の全長の約五分の一に及ぶ。もしイングランドだけに限るなら、かなりの差でテムズ川が最長となる。衒学者風に言うなら、セヴァーン川は連合王国でいちばん長い川であることに変わりはないが、もはやイングランドの誇りではないということだ。

浅はかな揚げ足取りに躍起にならなくても、テムズ川が最長だと論証することはできる。そのためには、今度は川の水源を探さなければならない。伝統では、テムズ川はグロスタシャーにあるトゥルーズベリー・ミードという人里離れた牧草地から始まるとされている。イギリス陸地測量部の地図にも水源としてこの場所が記されているし、テムズ川のどのガイドブックもここからスタートしている。しかし、ここで足が濡れることはない。テムズ川の水源は、大雨のあとにしか水が湧きでないほどの小さな泉なのだ。一度行ったことがあるが、つまらない場所だ。

そこから一八キロメートル（一一マイル）ほど離れたチェルトナム近郊に、もっと納得のいく水源候補がある。セブン・スプリングス（七つの泉）という名のその小さな村は、その名にふさわしい場所だ。名もない路地脇の階段をくだっていくと、七カ所から水が滴り落ちて秘密の水たまりができている。これらの天然の泉は、テムズ川の支流であるチャーン川の水源とされている。

気まぐれにちょろちょろと流れるトゥルーズベリー・ミードとは違い、セブン・スプリングスは年中潤っている。しかし、理由ははっきりしないが、チャーン川がテムズ川の一部とみなされることはまずなく、テムズ川の公式の長さに寄与できていないのだ。この支流を含めれば、テムズ川はさらに二二・五キロメートル（一四マイル）延びて、セヴァーン川を凌ぐことになる。なぜセブン・スプリングスからの支流よりも、トゥルーズベリーからの支流のほうがよいのか、合理的な説明はできない。一六世紀にこの選択がなされてから、わたしのようにねちねちと異論を唱える人があとを絶たないにもかかわらず、いまだにそういうものと決められているのだ。両地を訪れた身として、わたしはセブン・スプリングスと延長されたテムズ川を心から支持する。というより、ロンドンについて書くことを生業としている身として、そう推すのが当然だろう？

ちなみに、ブリテン諸島でいちばん長い川は、テムズ川でもセヴァーン川でもない。アイルランドのシャノン川は全長三六〇・六キロメートル（二二四マイル）で、イギリスの両ライバルよりも長い。チャーン川の長さをテムズ川に追加すれば、ここでもまた勝利することができるのだ。

英国のシティには必ず大聖堂がある？

シティ（都市）とは何か？　英国では、それを判断する方法はひとつしかない。シティとは、君主あるいは長い伝統によってシティと宣言された場所のことである。大聖堂があるとか、大学があるとか、そこそこのコーヒーショップがあるとか、ほかの基準はいっさい関係ない。

シティとは大きなタウン（町）のことだと思うかもしれない。おおまかにはそれで合っている。バーミンガムやマンチェスターはどう見てもシティだし、ポンテフラクトやメーブルソープは間違いなくタウンだ。しかし、期待に沿わない小さなシティを探すのは難しくない。シティ・オブ・ロンドンは、イングランドで最小のシティだ。居住人口は八〇〇〇人、面積はご存じのとおり一平方マイル（実際にはもう少し大きい）しかなく、タウンだとしても小さい。国境向こうのウェールズのシティ、セント・デイビッズは、前回の国勢調査によると、人口がわずか一八四一人だった。これでは、ほぼ村だ。これらのシティと、レディング(二三万二〇〇〇人)やダドリー(一九万五〇〇〇人)やノーサンプトン(一八万九〇〇〇人)といったイングランド最大級のタウンと比べてみれば、人口規模がシティ・ステータスのたしかな指標ではないことがわかる。クロイドン(ロンドンの三二ある地方自治区域のひとつ)の居住者数は、イングランドでとりわけ小さな一一のシティを合わせたよりも多い。これまで六度もシティ申請をし、とても美味しいコーヒーショップだって何軒もあるのに、クロイドンは一度もシティ・ステータスを得られたことがない。

人口や面積だけでは、シティとなるには充分ではない。では、大聖堂はどうだろう？　世間一般では、大きな教会があることがシティになるひとつの決め手だと思われている。かつてはそのとおりで、セント・デイビッズ、ウェルズ、リポン、トゥルーロなどの小さな場所がシティという特別なステータスを得られているのも、この理由からだ。いずれもイングランド国教会の教区(主教がいる地区)であり、大聖堂(主教座聖堂)がある。しかし、このルールはもはや通用しない。ケンブリッジ、リーズ、サンダーランド、ウェストミンスターなど、イングランドの一五のシティにはイングランド国教会の大聖堂がない(ウェストミンスター寺院は大聖堂というステータスになく、ウェストミンスター大聖堂はカトリックの教会だ)。反対に、ブラックバーン、ベリー・セント・エドマンズ、ギルフォード、ロチェスター、サウスウェルの五つのタウンは、大聖堂はあるのにシティとみなされていない。

なりすましもいる。ハートフォードシャーのウェリン・ガーデン・シティとレッチワース・ガーデン・シティは、実際にはシティではない。レディングやミルトン・キーンズにはシティ・センターという標識があるが、厳密にはそのような場所はない〔ミルトン・キーンズは本書刊行年よりあとの二〇二二年にシティに認定されている〕。ロンドン西部にあるホワイト・シティは、シティでもなければ、さほど白いわけでもない（この名称は、二〇世紀初頭にこの地域を美しく飾った、グレート・ホワイト・シティという大理石で覆われた展示ホールに由来している）。ロンドン自体のステータスもあやふやだ。シティ・オブ・ロンドンとシティ・オブ・ウェストミンスターを含むが、ロンドン全体が正式にシティなわけではない。一方、ギルフォード・シティFCは、自らその名を背負ってタウンのステータスを次のレベルに高めようとしている。

　本稿執筆時点で、イングランドには五一のシティがある。最近では、チェルムスフォードが、二〇一二年にエリザベス女王の即位六〇周年を記念してシティ・ステータスを付与された。同様に、二〇〇二年には、プレストンが女王の即位五〇周年記念の一環としてシティに認められている。二〇二二年も女王がわたしたちとともにおられるのなら、七度目の申請でついにクロイドンがその願いを叶えるかもしれない〔二〇二二年、イングランドで四つ、スコットランドとウェールズと北アイルランドで合わせて三つのタウンがシティに格上げされ、現在はイングランドに五五、UK全体で七六のシティがある。残念ながら、クロイドンはいまだシティになっていない〕

イングランド南部の終点はワトフォード・ギャップ？

他国の人々をジョークのネタにしようものなら大問題になりかねない時代にあって、英国人はあいかわらず気ままにジョークを飛ばしあっている。リヴァプール民はホイールキャップを盗むとか、ノーフォーク民は近親交配を繰り返しているとか、スコットランド人はケチで不健康だとか、ウェールズ人の羊好きはやばいレベルだとか、ヨークシャー民はみんな毒舌でウィペットを飼っているとか、グリムズビー民は魚くさいとか。エセックスについては触れないでおこう。

とくにイングランド人の地域ごとのステレオタイプは、高次レベルに熟達している。わたしたちは人々を北部人か南部人かに分類する（中部人は通常どちらかに組み込まれるか、さもなくば完全に忘れ去られる）。どちらのレッテルにも偏見がつきまとう。北部人はおおざっぱでストレートな物言いをし、真冬にコートも引っかけずに海辺のナイトクラブに繰りだすほどに精魂たくましい。対照的に、南部人は繊細な生き物で、なよなよと傷つきやすい。自己中心的で、見知らぬ人どころか近所の人とも話したがらない。北部人は労働者階級として描かれ、一方の南部人は中産階級（ブルジョワ）で、その綴りもちゃんと知っているとされる。

北と南を二分する、この摩訶不思議な国境はどこにあるのだろう？　もちろん、そんなものは存在しないが、人々はそれを定めようとすることをやめない。よく言われているのは、イングランド南部はワトフォード・ギャップで終わるという説だ。そこはまるで『ゲーム・オブ・スローンズ』に出てくる幻想的な風景のような、人々を分断する恐ろしい裂け目だと言いたいところだが、残念ながら違う。そこは、M１モーターウェイにあるサービスステーションだ。「ギャップ」とは、ウェスト・コースト本線やグランド・ユニオン運河なども通る、ふたつの丘にはさまれた低地を指している。

ワトフォード・ギャップは、ワトフォード――少なくとも、誰もが聞いたことのあるロンドン近郊のワトフォード――とはかけ離れたところにある。このサービスステーションの名前は、エルトン・ジョンがこよなく愛するロンドン近郊のワトフォード〔エルトン・ジョンは一九七六年よりワトフォードFCの会長を務め、現在は終身名誉会長になっている〕ではなく、ノーサンプトンシャーにある小さな村にちなんでつけられた。なんだか二重にわかりにくい。というのも、有名なほうのワトフォードがロンドン地下鉄路線図の北の隅っこに載っているので、ロンドン住民はそのすぐ先にこの暗澹とした北方の地があると安易に勘違いしてしまうのだ。しかし、そうではない。ワトフォード・ギャップのサービスステーションに行くには、ホーム・カウンティ〔ロンドン周辺の複数のカウンティを指す〕をさらに九七キロメートル（六〇マイル）も進まなければならない。

この地味な村とサービスステーションが、なぜ国境の町として評判になったのか？　理由はいくつか考えられる。石灰岩でできた丘と丘のあいだの狭い谷間にあるため、ナロウボートや駅馬車で旅をしていた人々には、そこが玄関口——ミッドランズへの物理的な入り口——に思えたのかもしれない。かつてこの山道では有名な馬車宿が繁盛していた。そこでは、北へ向かうせっかちな南部人が、あるいはその逆に南へ向かう北部人が、「もう少しで着くか？」と尋ねる声が飛び交っていたに違いない。またワトフォード・ギャップは、言葉の境界にも密接に関係している。「バァス（barth）」（南部訛り）と言うか、「バス（bath）」（北部訛り）と言うか、「ラァフ（larff）」と言うか、「ラ

フ（laff）」と言うかは、境界線のどちらで育ったかによる。しかし、これはちゃんとした科学ではない。北部と南部の境界を明確に定めようといくらがんばったところで、作為的で意味がない。そんなことをしようとする愚か者は、横っ面を引っ叩かれることになる。

ちなみに、まさかと思うかもしれないが、ワトフォード・ギャップのサービスステーションは、かつてロックンロールのスターたちに人気があった。一九六〇年代、モーターウェイ（高速道路）がまだ未来の産物に感じられていた頃、このサービスステーションでランチを食べるのは胸躍る体験だった。ライブツアー中のビートルズ、ローリング・ストーンズ、ピンク・フロイドなどのバンドが、当時は「ブルー・ボア」と呼ばれていたこの場所に立ち寄り、深夜の食事を楽しんだ。いまやその寂れっぷりは、スター性が陰ったと言うくらいでは控えめすぎるかもしれない。ロンドンの労働者階級訛り（コックニー）の韻を踏んだスラングのファンなら、「ロード・オブ・オールド・ワトフォード（劣化しすぎのワトフォード）」とでも評するかもしれない。

イングランドでいちばん高い建造物はザ・シャード？

テムズ川の上空三一〇メートル（一〇一七フィート）にそびえ立つ超高層ビルのザ・シャードは、二〇一一年以降、ロンドンのスカイラインを牛耳ってきた。セント・ポール大聖堂のほぼ三倍の高さのザ・シャードは、しばしばヨーロッパでいちばん高いビルだと謳われるが、そんなことはない。モスクワにある三棟のタワービルのほうがもっと高い。これを書いている時点では、ザ・シャードは欧州連合でいちばん高いビルだが、その栄冠も、ほかのたくさんの貴重な品々とともに、ブレグジットというソファの背もたれのあいだに埋もれ去る運命にある。といっても、ザ・シャードがイングランドでいちばん高い建造物なのは間違いないのでは？　それがまったく違うのだ。

ザ・シャードは、イングランドあるいはＵＫでいちばん高いビルだと言える。次点のライバルとの差は三〇メートル（約一〇〇フィート）以上もある。しかし、建造物となると、ザ・

シャードはトップ一〇入りも危うくなる。建造物は、あなたがそう呼びたいのであれば、どんな形をしていてもかまわない。電波塔でも、旗竿でも、教会の尖塔でも、マッシュポテトを積み上げたぐらぐらする円柱でも。一方のビルは、居住可能なフロア——人が立って、そこからの眺めにきゃあきゃあ言うことのできる平らな地面——がなければならない。ザ・シャードは後者のカテゴリのチャンピオンだが、イングランドにはもっと高い建造物が九つも点在している。

いちばん高いのは、カンブリアにあるスケルトン送信所の電波塔だ。三六五メートル（一一九七フィート）あり、ザ・シャードよりもネルソン記念柱〔ロンドンのトラファルガー広場あるモニュメント。高さ約五二メートル〕まるまる一本分も高い。かつてはリンカンシャーにあるベルモント送信所の電波塔のほうがさらに高く、三八五・五メートル（一二六四フィート）と、エンパイア・ステート・ビルディングの屋上の高さを凌いでいた。その後、ベルモントの電波塔はいくらか短縮され、第二位となった。国内のほかの電波塔も含めると、ザ・シャードはイングランドで一〇番めに高い建造物にすぎなくなる。とはいえ、カンブリアのむきだしの電波塔に、お金を払ってのぼりたいと思う観光客がそう多くいるとは思えない。

ミルトン・キーンズは最悪なところ？

クロイドンを別にすれば、ミルトン・キーンズほどつまらない俗物根性を刺激するところはない。バッキンガムシャーにあるこのタウンもまた、シティになることに憧れており〔ミルトン・キーンズは二〇二二年にシティに認定されている〕、コンクリートの反復、吹きっさらしの広場、どれも同じような側道、退屈なモダニティといった酷評を得ている。王立都市計画家協会のフランシス・ティボルズ会長は、「味気がなく、柔軟性がなく、創造性がなく、まったくもってつまらない」と評している。何百万という人々が、一度も訪れることなく（あるいは訪れたいと思うことなく）、ずっとこのような印象を抱いている。

ミルトン・キーンズは、ときにニュータウンの第三世代と呼ばれる。何もないところにまったく新しい都市圏をつくろうという計画は、二〇世紀への変わり目に、エベネザー・ハワードによるレッチワースとウェリンの「田園都市（ガーデン・シティ）」（どちらも実際にはシティではない）から始まった。第二の波が訪れたのは、第二次世界大戦の直後だった。バジルドンやスティーブニッジのようなタウンが突如として誕生し、周辺にあった同名の既存の村々をおおいに困惑させた。ミルトン・キーンズが地図帳に載るようになったのは、一九六〇年代に、ひとつの何もない集落にすぎなかったミルトン・キーンズが、ブレッチリー、ウォルバートン、ストーニー・ストラットフォードなどとともに、はるかに巨大なニュータウンに吸収されてからだった。これは、それ以前や以降のどのニュータウンよりも大きく、大胆に、きっちりと碁盤の目状につくられた。

ミルトン・キーンズといえば、何よりも交通の便がいい。すぐ隣をM1モーターウェイが走り、ロンドンからは快速列車で三〇分で着く。もちろん、主要手段は自動車だ。ニュータウンには三本の大通りが延び、駐車場が規則正しく設けられている。エイブベリー、シルベリー、ミッドサマーと名づけられたこれらの大通りは、その名から遠い過去を偲ばせる。実際に、中央のミッドサマー大通りは、夏至(ミッドサマー)の日の出が見えるように意図的に配置された。しかしその後、この直線のど真ん中にショッピングセンターが建設されたことで、その演出効果は台なしになってしまった。こんなところが、いかにもミルトン・キーンズらしい。一方、ミルトン・キーンズには未来の交通もある。たとえば、ドライバーのいない小型車が、「レッドウェイ」と呼ばれるやたら広い舗装道路で試験運転をしているところを目にするかもしれない。電動バスも普及しているし、たくさんある駐車場にはすべて電気自動車用の充電ポイントがある。レンタル自転車のラックも街角のあちこちに設置されている。ショッピングセンターの中にすら、コンコースを走り回る蒸気機関車のような内部輸送がある。まるで過去と未来に片方ずつ足を踏み入れながら、現在はそのどこか中間領域に閉じ込められているかのような場所だ。

ミルトン・キーンズには嘲笑したくなる部分もたくさんあるが、称賛すべき部分も多い。イングランド最大の屋内スキー場がある。二〇〇〇万本の木々が市街地を美しくしている。いたるところにパブリックアートがある。ショッピングセンターには、キット・ウィリアムズがデザインした最高に楽しいからくり時計がある。記録的な数の人々がここに移り住んできている。いまでは約二五万人が、ほんの半世紀前には、ほぼ田畑でしかなかったミルトン・キーンズを故郷と呼んでいる。経済も成長著しい。二〇一五年には、UKのどの主要タウンやシティよりも雇用の増加率が高かった。拡張計画もどんどん進められている。ミルトン・キーンズが最悪ではないことは明らかだ。

なぜ人はこのようなタウンをばかにするのだろう？　おそらく英国人の性格が関係していると思われる。新しいものの輝きに勝る古いものを愛する心。イングランドが碁盤の目システムを心から受け入れたことは一度もない。パリの大通りやニューヨークの整然とした街区は、中心部から放射状に延びる道路を好むわたしたちの感性には合わないのだ。たとえば、シティ・オブ・ロンドンは、予測不能な方向に曲がりくねる道路や小道が続く中世の街路設計にいまだにこだわっている。頭上には高層ビルが林立しているというのに。二〇世紀につくられた郊外の多くの道路や大通りも、十字に交差するのではなく、昔ながらの田舎道のように、ゆるやかにカーブを描いている。[6]

ニュータウンは伝統を無視する。自動車を念頭に置いた、まっすぐな長い道路を押しつけてくる。しかしニュータウンも、探す気さえあれば独自の魅力が見つかる。ミルトン・キーンズにあるコンクリートの牛のオブジェを称賛せずにいられるだろうか？　ヘメル・ヘムステッドの「マジック・ラウンドアバウト」――中心の島のまわりを走る六角形の道路の中にさらに六つの環状交差点（ラウンドアバウト）がある――を運転してみたいと思わない人はいないだろう？　それに評価は変わるものだ。いまから一〇〇年後に、自動車がただの歴史的珍品にすぎなくなっていたら、きっと珍妙な過去をひと目見ようと、大勢の観光客がミルトン・キーンズやハーロウやスティーブニッジに押し寄せるだろう。ちょうど、いまのわたしたちがヨークやチェスターやノリッジをもてはやすのと同じように。もしわたしが間違っていたら、そのときはみなさんに一杯奢ろう。

6　もちろん例外はある。メリルボーンやソーホーを上から眺めると、見渡すかぎり直角になっている。ピムリコも碁盤の目状につくられている――といっても、急な角度でランダムな横道のある、出来の悪い碁盤だが。こうしたエリアは、サザークやワッピング、ハムステッドのような曲がりくねった近隣エリアほどの魅力はない。少なくともわたしには。

カウンティのあれこれ

ここでは、イングランドにある四八すべてのカウンティ（州）にまつわる誤解を紹介する。ひとつひとつのカウンティに、小ネタ、固定概念、迷信がある。よくよく調べてみれば、どれも根拠がでたらめだ。このセクションでは、それぞれのカウンティから、少なくともひとつ以上の怪しげな話を探っていく。そのために、ハンティンドンシャー、ウェストモーランド、ミドルセックス（も言わせてもらってよいだろうか？）など、ほぼ消滅したと言ってよい三九の「歴史的カウンティ」ではなく、四八の典礼カウンティ（地理カウンティとも呼ばれる）に焦点を当てることにした。

ベッドフォードシャーは眠たくなるほど退屈

ベッドフォードシャーはイングランドでいちばん退屈なカウンティという評判が、どういうわけか、いつのまにか定着してしまった。その眠気を誘うような名前のせいだろうか。あるいは、ルートン、ベッドフォード、ダンスタブルといった主要タウンの評判がいまいちなせいかもしれない。多くの人々の行きたい場所リストにまったく入ってこないのだ。イングランドのさまざまな旅行情報誌やサイトで、ベッドフォードシャーは無視されるか酷評されるかしている。「エクスペリエンス・ベッドフォードシャー」という観光サイトすら、「見過ごされがち」と書いているくらいだ。しかし、ここは多くの美しいものに満ちたカウンティでもある。南にあるチルターンの白亜の丘陵からは、カウンティの平原を見渡す壮大な景色が広がっている。ダンスタブル・ダウンズ（木の大聖堂〔中世の大聖堂の形に模して植えられた木々や生垣群〕がある）やウィップスネイド（動物園で有名）などは、とくに素晴らしい景観を保っている。ロニー・バーカー、ジョン・バニヤン、イアン・ネアン、モンティ・パネサール、キャロル・ボーダマン、ポール・ヤング、ベン・ウィショーなどを世に出したカウンティでもある。ルートン・カーニバルはイングランド最大の一日カーニバルだ。ベッドフォードシャーはまた、きわめて重大な歴史的事件が起こった場所でもある。ヘンリー八世とキャサリン・オブ・アラゴンの婚姻が無効となったのが、この地のダンスタブル修道院だった。この離婚が、イングランドとカトリック教会の決別を引き起こし、数世紀にわたる政治的・宗教的混乱のきっかけとなったのだ。それはもう大事件である。ちなみに、ベッドフォードシャーの人々には最高のニックネームがある。クランガーだ！〔ベッドフォードシャーには古くより、セイボリーとスイーツの両方の味をひとつにしたベッドフォードシャー・クランガーというパイが伝わっている。クランガーには、食事系とデザート系を混ぜてしまった「大へま」という意味と、方言で「がつがつ食べる」という意味があるとされている〕ベッドフォードシャーは称えられてしかるべきだ。だから、わたしもこのリストの最初に挙げた（アルファベット順という理由もあるが）。

バークシャーの建築ジョーク

バークシャーのウィンザーは、ねじれた家、エリザベス二世とコーギーの奇妙な像、国内唯一の舗道に埋められた時計など、歴史的いたずら心と好奇心にあふれるタウンだ。ウィンザー城に入ったらもっとすごい。しかし、何より興味深いのは、タウンで二番めに有名な建物のつくりにまつわる根強い伝説だ。そのギルドホールを訪れたら、素晴らしい郷土博物館を楽しめるのはもちろん、きっとポーチの天井を見上げたくなるはず。なんでも、そこのトスカーナ式の列柱が天井まで届いていないらしい。つまり、ポーチを支えているはずの柱が寸足らずなのだ。ギルドホールを設計した建築家のクリストファー・レンは、これらの内側の柱は別になくてもいいと考えていた。地元の市民たちは、そんなはずはないと、柱はあるべきだと主張した。レンは自分の考えが正しいことを証明するために、柱を少しだけ短くして、彼らを愚弄したという。よくできた話だが、文書として残っている証拠がないので、伝説そのものに裏づけがない。実際のところ、柱は天井に届いているのだが、柱頭よりも小さなタイルを使っているので下から見ても確認できない。

ブリストルの文学パブ

シティでもありカウンティでもあるブリストルだが、意外や意外、人口では六番めに小さ

なカウンティだ。ブリストルが誇る数ある栄光の中に、〈ランドガー・トロウ〉という古くて立派なパブがある。この一風変わった店名は、かつてセヴァーン川を航行していた貨物ボートの一種である、トロウの製造で有名だったランドガーというウェールズの村に由来している。このパブは二冊の海洋冒険小説とゆかりがある。言い伝えによると、ここで作家のダニエル・デフォーは、かつて無人島を漂流し、『ロビンソン・クルーソー』の着想のもととなったアレキサンダー・セルカークと出会ったとされる。この店はまた、『宝島』を執筆中だったロバート・ルイス・スティーヴンソンにも影響を与えたという。この物語に出てくる〈ベンボー提督亭〉というパブは、〈ランドガー・トロウ〉がモデルになっているとされる。さらに、この有名な小説はこのパブで執筆されたという説もある。しかし、どちらもたしかな証拠によって裏づけされているわけではない。一九三〇年代になるまでは、デフォーとセルカークが出会ったのは、〈スター・イン〉かセント・ジェームズ・スクエアか、いずれもブリストルの別の場所だとされることが多かった。

バッキンガムシャーの誤解された名前のタウン

既に見てきたように、酷評の多いニュータウンのミルトン・キーンズだが、このタウンに少しでも生活感を出したいのなら、神話や都市伝説がいますぐ必要だろう。少ない中からひとつ挙げられるのは、その地名自体に関することだ。噂によると、このタウンの名は作家のジョン・ミルトンと経済学者のジョン・メイナード・ケインズの姓から取られたとされる。バッキンガムシャーとほとんど、あるいはちっとも縁のないこのふたりが、なぜこんなに称えられる必要があるのかは定かではない。本当のところは、ミルトン・キーンズ（Milton Keynes）という地名はとても古い。地元の荘園を所有していたノルマンディー出身のケーニュ家（de Cahaignes）にちなんで、近くの村で少なくとも一三世紀からその名称（あるいは、その綴り違い）が使われていた。その後、この村はニュータウンと区別するために、ミドルトンという名前を採用している。

ケンブリッジシャーの消えた海岸線

この地域の善良なみなさんに、以前、わたしがこの土地について誤って嘘を伝えてしまったことをお詫びしなければならない。もう長いこと、わたしは地図づくりをちょっとした趣味にしている。二〇一三年に、パトリシア・ブレイスウェルの『Shadow on the Crown（シャドウ・オン・ザ・クラウン)』(二〇一四年、未訳)という歴史小説のために、アングロ・サクソン人時代のイングランドの地図を描いてくれないかと依頼された。マーシアやウェセックスといったさまざまな領土名を自信満々につけ加えながら、イングランド全体をおおまかに描いたのだが、そのアウトラインの部分で少々へまをしてしまった。まず、わたしは現代の海図をトレースして描きはじめた。しかし、過去一〇〇〇年のあいだに、とくに現在ケンブリッジシャーと呼ばれている地域の海岸線が、ずいぶんと変化してしまっていたのだ。

こんにちのケンブリッジシャーは完全に陸地に囲まれているが、四〇〇年前までは、北部の大半がほぼいつも洪水の下に沈んでいた。そのあたりを含む、ザ・フェンズとして知られる地域は、いまでも海抜ぎりぎりか、それより低い。中世の時代、この地域のほとんどには人が住めなかった。もし当時に地図が描かれていたら、ウォッシュ湾の海水がもっと内陸まで入り込んだ形になっていただろう。いまではすっかり農地に囲まれているにもかかわらず、イーリーという小さなシティ周辺の高台地域を、あいかわらず「アイル・オブ・イーリー(イーリー島)」と呼ぶのは、こうした理由からだ。ザ・フェンズは一七世紀に干拓されたことで、海岸線が外に押しだされた。もちろん、侵食によって海岸線が縮んだところもある(悪名高い例は、後述のサフォークを参照)。一〇〇〇年前のイングランドを描くなら、これらの変化をちゃんと考慮しなければならない。

チェシャーの殺人条例

イングランドで、チェシャーのチェスターほど過去にしがみついているシティも少ない。いたるところが中世のもの、あるいは中世風に見えるもので飾り立てられている。イングランドで最も完璧な姿で現存している中世の城壁にのぼって、シティを一周することができる。このような歴史へのこだわりは、シティの条例にまで及んでいる。『メトロ』紙のウェブサイトによると、ウェールズ人は太陽がのぼるまではチェスターに入ってはならず、また太陽が沈む前にそそくさと出ていかなければならないという。さらにひどいことに、チェスターの住民は、真夜中以降に城壁内でウェールズ人を見かけたら、その者を撃ってもよいとされているのだ（ただし、日曜のみに限られ、使用してよいのはクロスボウのみ）。この奇妙なルールを事実と信じて紹介しているのは、やたらと執筆量の多い「メトロのウェブリポーター」なる人物が二〇〇九年四月二七日に書いた記事だけではない。二〇〇七年には、庶民院でも取り上げられた。たしかに、この法令には歴史的根拠がある。一五世紀のはじめ、のちのヘンリー五世は、ウェールズ人とのちょっとした諍いをきっかけに、ある特定の時間帯に彼らが国境を越えてチェスターに入ることを禁じ、守らなければ死刑に処するとした。だが、ウェールズ人が処罰を受けたという記録はないし、わかっているかぎりで、この条例が廃止されたということもないようだ。とはいえ、このような中世の不寛容がほかの法に取って代わられて久しく、イングランド人とウェールズ人とのあいだに平和が続いていることは

言うまでもない(少なくともラグビー場の外では)。

せっかくなので、地元のスポーツネタをあとひとつ。チェスターFCのグラウンドは国境を跨いでおり、入り口はイングランドにあるが、ピッチはウェールズにある。そのため、イングランドのプロサッカーチームでは唯一、他国でホームゲームをプレーしている(ちなみにベリック・レンジャーズFCは、スコットランドのリーグでプレーしているが、イングランドのチームである)。

シティ・オブ・ロンドンの拡大する平方マイル

ロンドンの歴史ある中心部は、二〇〇〇年前にローマ人によって建設された。その大きさは、典礼カウンティのステータスを持つ地域の中で圧倒的に小さい。「スクエア・マイル(平方マイル)」とも呼ばれるシティは、有史の大半において、呼び名のとおり——正確には、一平方マイル(二・七平方キロメートル)よりほんの少しだけ大きい——の面積しかなかった。しかし、一九九〇年代の拡張のおかげで、いまは一と八分の一平方マイル(二・九平方キロメートル)にまで拡大した。近年、シティの高層ビル群が周辺地域にはみだしてきており、一部ではさらなる拡大が予想されている。「スクエア・マイル」という呼称が、ますます不正確になるかもしれない。

コーンウォールの名物料理

コーニッシュ・パスティは、折りたたんだ円形のペストリー生地の中に、牛肉と野菜の熱々のフィリングを包み込んだ極上料理だ。ベジタリアン向けや、たっぷりのチーズ入りなど、ほかのバリエーションは厳密にはただの「パスティ」で、コーニッシュ・パスティではない。この食事系のスナックは、欧州連合(EU)の規則で保護されており、この名前で販売するにはコーンウォールで焼いたものでなければならない(ブレグジット後、この規則がいつまで続くかわからないが)。二〇〇六年の歴史調査で、その起源がコーンウォールではなくデヴォンにあるかもしれないことが示唆されると、パスティのフィリングよりも熱く人々の怒りが燃え上がった。デヴォンのプリマスで発見されたレシピが、コーンウォールよりも二〇〇年ほど古かったのだ。二〇一五年にも、さらなる打撃があった。ある食の歴史家が、コーンウォールの伝統レシピは、むしろベジタリアン向けだったと指摘したのだ。というのも、毎日牛肉を買う余裕など、鉱山や農場で働く労働者にはなかったはずだからだ。こんにち保護されている肉たっぷりのパスティを最初につくったのは、ロンドンを拠点とする料理教師で、「コーニッシュ・パスティ」という言葉もこの教師が考案したという。実際のところは、ペストリー生地に肉と野菜を入れるというシンプルで美味しいレシピには、おそらくいくつもの独自の起源があると思われる。

カウンティ・ダラムのフランスからやってきた猿

カウンティ・ダラムのハートルプールの住民たちのなんと哀れなことか。このタウンが人々に思い出されることがあるとすれば、それは無知なばかりに一匹の猿を吊るし上げにした奴らと嘲笑されるときくらいだろう。地元の言い伝えによると、ナポレオン戦争のさなか、嵐に遭ったフランス船がハートルプールの沖合で粉々に砕けたという。唯一生き残ったのが、船のマスコットの猿だった。ハートルプールの人々は、それまで猿を見たことも聞いたこともなかった。この毛むくじゃらの生き物は、キーキーとわめくだけで質問に答えることができなかったので、フランス人と間違えられてスパイとして絞首刑に処された。言うまでもなく、このできごとに関する一次的な証拠は何もない。わかっているかぎりでは、数十年後にネッド・コルヴァンという作曲家がつくった人気歌曲の中にこの話が初めて登場するが、それもスコットランドの似たような民間神話から取られたと思われる。いずれにせよ、ハートルプールの人々は、いまでは自分たちのこともその伝承のことも笑い飛ばしていて、この二セ猿は、地元のスポーツクラブのエンブレムやマスコットによく使われている。タウンには銅像まである。

カンブリアの消えた湖

最も北西に位置するカンブリアは、湖水地方（Lake District）があることでよく知られている。牧歌的な風景が広がるこの一角には、その名にそぐわず、湖（lake）はバセンスウェイト湖（Bassenthwaite Lake）ただひとつしかない。それ以外の大きな水域はみな、ミア（meres）、ウォーター（waters）、ターン（tarns）と名づけられている。「ウィンダミア湖（Lake Windermere）」もあるが、意味が重複しているため（末尾の「ミア（mere）」も湖の一種を指す）、正しくは単にウィンダミアと呼ぶべきである。これら偽の湖の大きさは、世界の基準からすると、どれもいまいちぱっとしない。最大の湖（ウィンダミア）すら、表面積で換算すると、オンタリオ湖（北アメリカにある五大湖の中で最も小さな湖）に一二八三個おさまってしまう。しかし、その美しさは誰もが認めるところで、詩人や画家や作家たちにとって尽きることのないインスピレーションの源となっている。

ダービーシャーの誤記

この素晴らしいカウンティでたっぷり時間を過ごしていると、デヴォンシャー公爵夫妻の話が必ずと言っていいほど耳に入ってくるだろう。一万四五〇〇ヘクタール（三万六〇〇〇エーカー）の土地（シェフィールドとだいたい同じ面積）を保有し、ダービーシャーの至宝であるチャッツワース・ハウスに住んでいる。その高貴さたるや、まるでポケット版ロイヤルファミリーといったところだ。しかし、なぜデヴォンシャー公爵はダービーシャーの土地の多くを所有しているのだろう？　……デヴォンではなく？　古い話によると、それは事務的なミスによるものだったようだ。ある書記官が叙爵の公式文書に「ダービーシャー」ではなく「デヴォンシャー」と間違って書いて、それが定着してしまったのだという。この手の話の多くがそうであるように、事実は長らく歴史の闇の中にあるが、そのような重大ミスがあった証拠はもちろんない。チャッツワース・ハウスのウェブサイトには、この称号が選ばれたのは、単にその爵位が空いていた一方で、ダービー伯爵という称号は既に使われていたからだと書かれている。しかし、これは新たな疑問を投げかける。デヴォン伯爵も使われていたから、「デヴォンシャー」になったのだ。ではなぜ、ダービーが使われているからというだけで、ダービーシャーにはならなかったのだろう？

デヴォンの野生のポニー

デヴォンは野生のポニーがいることで知られ、ダートムーア国立公園のロゴにも描かれるほど、その湿地帯のシンボルとなっている。このたくましい動物は、何千年も昔から、このあたりの丘を駆け回っている。ポニー泥棒になりたい人は用心したほうがいい。これら「野生」

の動物はどれも生粋の野生ではなく、必ず誰かしらに飼育されている。観光客はポニーには近づかないよう注意されるし、餌をやることは条例で禁止されている。デヴォンはまた、海岸線がふたつに分かれているイングランドで唯一のカウンティだと言われることがある。これは、バーケンヘッドとリヴァプールの一部分がチェシャーを経由しないと行き来できないマージーサイドに失礼だ（もちろん、有名なフェリーや、ふたつあるトンネルのうちのどちらかを利用すれば、チェシャーを通らなくても行けるが）。さて、どっちの海岸線が有名かは……言わずもがな。

ドーセットのジュラシック・コースト

ジュラシック・コーストは、素晴らしい断崖絶壁の上の遊歩道と有名な化石層のおかげで、世界中の観光客のあいだで大人気だ。また古生物学の歴史にとても重要な役割を果たしたとして、現在は世界遺産にも登録されている。しかし、その名称はいささか語弊がある。海岸沿いではジュラ紀の化石が容易に認められるのはたしかだが、三畳紀と白亜紀の地層にも同じくらい恵まれているのだ。ジュラシック・コーストにより正確な名称をつけるなら、メソゾイック・コースト（中生代海岸）――崖で見ることのできる三つの地質時代の総称――となるだろうが、それだと某映画シリーズと旨みを分かちあえなくなる。

イースト・サセックスのホーム・ガード

ウォルミントン＝オン＝シーを地図アプリで探しても見つからないが、イングランドの大半の人々はだいたいの場所を知っている。ウォルミントン＝オン＝シー――イーストボーンのどこか近く――とは、なつかしのBBCコメディシリーズ『Dad's Army（ダッズ・アーミー）』の舞台となった架空のタウンだ。このドラマは、ホーム・ガード――第二次世界大戦中に、正規軍に加入できない義勇兵から集められた予備の戦闘部隊――を面白おかしく戯画化したものだ。テレビシリーズでは、役立たずだが憎めない、おせっかいで失禁もしてしまう、よぼよぼの老人集団として描かれている。実際のホーム・ガードにも、自惚れ屋のメインウェアリング大佐や、すぐパニックになるジョーンズのような兵士たちもいたはずだが、彼らが典型というわけではなかった。義勇兵の多くは働き盛りの若者だった。農民、鉄道員、公共施設作業員など、戦争遂行に欠かせない職業につく若者たちは、徴兵されなかったからだ。ホーム・ガードの中には、二〇代が半分近くを占める部隊もあった。さらに、まだ若すぎて正規軍には入れない者たちもいた。のちの政治家トニー・ベンや天文学者のパトリック・ムーアも、一〇代でホーム・ガードに入隊している。だからといって、老いた義勇兵たちも負けてはいなかっただろう。彼らの多くは第一次世界大戦に従軍し、ライフルの扱い方を心得ていたのだから。

エセックス生まれ（？）の戦士王

スコットランドの最も有名な王のひとりは、エセックスのある村で生まれたのだろうか？　ロバート一世（一二七四～一三二九）は、何度も粘り強く糸を紡ごうとするクモからインスピレーションを受けて、イングランドからのスコットランドの独立を粘り強く確固たるものにした王として知られている。一般的に、ロバート一世はエセックス・ボーイとはみなされていない。しかし、古くからの伝説では、彼の出生地はエセックスのチェルムスフォード近郊のリトルという村だとされている。状況証拠しかないが、想像力がかき立てられる。ロバートの一族は、たしかにこのあたりに土地を所有していたようで、定期的にリトルを訪れていた。一三〇二年には、ロバートはそこで結婚もしている。ロバートが生まれた約一カ月後に、彼の父親がイングランド王エドワード一世の戴冠式のためにロンドンにいたことがわかっている。父親は家族も一緒に連れていったのだろうか？　あの有名な息子が誕生したとき、彼らはリトルに滞在していたのだろうか？　身重だった母親のマージョリーが二輪馬車や馬に乗ってスコットランドからはるばる旅してきたとは考えにくいが、春のうちに移動してイングランドで長期滞在を楽しんでいた可能性もある。たしかな証拠がないので推測しかできないものの、ロバート一世は、一族の故郷であるスコットランドのエアシャーのターンベリー城で生まれた可能性のほうが高そうだ。

グロスタシャーの悪名高い国王殺し

グロスタシャーは、イングランドの股間部に位置するにもかかわらず、最も美しいカウンティのひとつである。コッツウォルズの大部分とディーンの森が広がっている。そんな魅力いっぱいの外向きの姿とバランスを取るかのように、残忍な裏の姿でも有名だ。一三二七年、廃位されたエドワード二世は、バークリー城に幽閉されているあいだに、真っ赤に熱した火かき棒で殺されたと言われている。単に背後からひと突きされたのではない。妻のイザベラ女王の命令で、ジュージューと音を立てる鉄の棒を無理やり肛門に突っ込まれたのだ。これ以上に痛々しいやり方は考えられない。幸い、このようなひどい事件は実際にはおそらくなかったようだ。そのおぞましい行為があったことを証明する記録はいっさいない。当時の記述には、エドワード二世の死因は、病死、窒息死、絞殺など、さまざまに書かれている。イタリアに亡命して隠れながら余生を過ごしたと書かれている年代記もある。腸を焼かれたことによる死というのは、数ある死にざまのひとつのオプションにすぎない。真っ赤に熱した火かき棒はただの言い伝えにすぎないが、その陰惨さゆえにほかの説を凌駕し、現代まで何世紀にもわたって生き残ってきたのだ。

グレーター・ロンドンの存亡危機

ロンドンがイングランドとＵＫの首都であることは誰もが知っているが、ロンドンとは正確にはなんだろうか？　そもそも存在するのだろうか？　ロンドンというひとつの場所を見つけるのは意外に難しい。グレーター・ロンドン（典礼カウンティ）もあれば、インナー・ロンドンも、アウター・ロンドンも、シティ・オブ・ロンドン（また別の、はるかに小さい典礼カウンティ）も、そしてシティ・オブ・ウェストミンスターもある。これらすべてには正式な定義がある。でも、ただの「ロンドン」とは？　「ロンドン市長」や「ロンドン消防隊」のように、さまざまな役職や組織の名称に出てくるが、これらは実際にはグレーター・ロンドンの略である。ロンドンが正真正銘の地政学的用語として使われている数少ない例のひとつが、欧州議会選挙区だ。ＵＫの欧州連合（ＥＵ）離脱は、残念ながらロンドンの消滅という悔やんでも悔やみきれない副作用を引き起こしそうだ。

グレーター・マンチェスターの呪われた彫像

二〇一三年、マンチェスター博物館は「古代エジプトの呪い」によって世界中のニュースヘッドラインを賑わせた。四〇〇〇年前のネブ＝サヌと名づけられた男性の小像が動いたというのだ。いたずらできないようにガラスのキャビネットで囲われていたにもかかわらず、毎日回転していたという。多くの人は、これをなんの根拠もない、ばかげた「ミイラの呪い」

のつくり話のひとつにすぎないと一蹴した。しかし、これは違った。タイムラプス映像には、像が本当にその場で回転している様子が、疑いの余地なく映しだされていたのだ。これはいったいどういうことか？　実は、古代の呪いなどではまったくなく、通行人や館外の交通による振動で展示物が動いていただけだった。ネブ＝サヌは、おはじきサッカーの選手のように、凸状の台座に載っていたために回転することができたのだが、底の平らなキャビネットがそのことをカモフラージュしていたのだ。それでも、この不気味なミステリーによって博物館の来場者数が増えたのだから、この偽の呪いにはそれなりのご利益があったということだ。

ハンプシャーの海洋伝説

ハンプシャーのポーツマスには、一八〇五年のトラファルガーの海戦で、イギリス艦隊がフランス・スペイン連合艦隊を撃破したときの旗艦である、その名もＨＭＳヴィクトリー号がある。その甲板の上で、ネルソン提督は銃弾を受けた数時間後に息を引き取った。イングランドで最も偉大な英雄のひとりに列挙されるネルソン提督は、まるでつくり話を引き寄せるマグネットさながらである。その最たるものが眼帯だ。ネルソン提督がそのようなものをつけていた事実は一度も確認されていない。たしかに彼の右目は戦いで視力を失ったが、醜い傷ができたわけでもなかったので、眼帯をつける必要はなかった。ただ、死後に英雄らしさを演出した肖像画の中で勝手につけられたにすぎない。また、彼の最期の言葉が「ハーディ、キスしてくれ」という、ヴィクトリー号のハーディ艦長への哀願だったことはよく知られている。戦いのときに書かれたメモからも、そのようなリクエストをしたことが確認されている（願いは叶えられたが、頰に軽くチュッとされただけだった）。ネルソン提督の本当の最期の言葉は、それからしばらく経ってから発せられた。「神と祖国に」と、はるかに立派な言葉が残されている。ポーツマスにあるもうひとつの有名な軍艦メアリー・ローズ号にも、独自の神話がある。このヘンリー八世時代の旗艦は、一五四五年の初航海のときに沈没したと言われている。しかし実際のところは、その三四年前の一五一一年に浸水しており、戦歴も少なくない。ソレント海峡でフランス艦隊を撃退中に沈没したときには、なかなかのベテランだった。

ヘレフォードシャーのアイデンティティ・クライシス

ヘレフォードシャー（Herefordshire）についての有名な誤解を見つけようと、長いことあちこちを探し回ってみた。ヘレフォードシャーは、少なくとも人口で見ると小さなカウンティだ。住民は一九万一〇〇〇人で、それより人口の少ないところは、シティ・オブ・ロンドン、ワイト島、ラトランドしかない。ということで、わたしは友人たちに「ヘレフォードシャーについて知っていることはないか？」と尋ねて回った。すると、「それってウェールズ？それともイングランド？」と困ったような顔で言い返されることが多々あった。彼らだけではない。Google検索に「ヘレフォードシャーは……」と入力すると、オートサジェストのトップに「イングランドかウェールズか」と表示される。念のために言っておくと、ヘレフォードシャーは何世紀ものあいだ、紛うことなきイングランドだ。ウェールズの支配下にあった土地を探すには、一六〇〇年ほど遡らなければならない。とはいえ、どこの国境の地にも言えることだが、ある程度の融合は避けられない。ウェールズの文化や言語は、たとえば南東端のケントなどとは比べものにならないほど、このカウンティに浸透している。あと、ハートフォードシャー（Hertfordshire）と混同しないように。一文字しか違わないから。

ハートフォードシャーの場所詐称の撮影スタジオ

わたしは、ハートフォードシャーのエルスツリー・スタジオのすぐ隣に住んでいる。寝室の窓から外を眺めると、『Strictly Come Dancing（ストリクトリー・カム・ダンシング）』などのテレビ番組の観覧の長い行列でよく賑わっている。いまも、エリザベス女王を描いたドラマ、『ザ・クラウン』に使用するバッキンガム宮殿のセットを建設中の技術者たちを見ながら、この原稿を書いている。ただ、これらのスタジオのアイデンティティには少々問題がある。どう考えてもハートフォードシャーにあるのに、しばしば「ロンドンのエルスツリー・スタジオ」と宣伝されているのだ。さらに言えば、スタジオがあるのはエルスツリーでもない。実際には、線路をはさんだ古きよきボアハムウッドにある。さらにややこしいことに、同じ

道の先にはBBCが所有する第二のエルスツリー・スタジオがあり、初めてこの道を通るUberのドライバーはおおいに困惑する。このBBCのエルスツリー・スタジオは、長寿メロドラマの『EastEnders（イーストエンダーズ）』のメインスタジオになっている。（言わずもがな）ロンドンのイーストエンドが舞台のドラマだが、やはり撮影が行われているのはハートフォードシャーだ。近くのリーヴスデンにある、映画『ハリー・ポッター』シリーズの撮影本拠地であるスタジオも、同様の誤った呼称で被害を受けている。この観光名所は、「ワーナー・ブラザース・スタジオ・ツアー・ロンドン」という名称のツアーを売りにしている。ハートフォードシャーだと、面倒くさがりの観光客が行く気を失ってしまうかもしれないから、ロンドンということにしているのだ。ちなみに、『スター・ウォーズ』の撮影が行われた跡地は、現在〈テスコ〉のボアハムウッド支店になっている。おそらく意図的だと思われ

るが、いまの冷凍食品コーナーは、氷の惑星ホスのセットがあった場所につくられている。ヨーダの沼地に覆われた惑星ダゴバは、現在ガソリンスタンドになっている。一二番の給油ポンプのフォースが強い。

ワイト島から世界への招待状

ワイト島に世界の全人口がおさまる？　このような話がたびたび事実として出回るが、実際に計算してみた人はいるのだろうか？　難しい計算ではない。ワイト島の面積は三八〇平方キロメートル（一四七平方マイル）。つまり、三億八〇〇〇万平方メートル（四〇億平方フィート超）だ。現在、世界の人口は七六億人（二〇一八年六月発表の国連の世界人口推計による）なので、人口を面積で割ると一平方メートル当たり二〇人となる。控えめに言っても、居心地よくはない。世界の人口がはるかに少なかった約一世紀前には、たしかに正しい事実だったかもしれないが、いまでは壮大な人間ピラミッドをつくる必要があるだろう。

ケントの紛らわしい動物

「きっと青い鳥たちがドーヴァーの白い崖を越えて飛んでくる」と、戦時中の代表曲の中でヴェラ・リンは約束している。だが残念ながら、この鳥はブリテン諸島の固有種ではない。この歌詞を書いたアメリカ人作詞家（偶然にもウォルター・ケントという）は、そのことに気づかなかったようだ。

ランカシャーの牛肉にまつわる嘘

この北西に位置するカウンティには、この本でも最高級に美味な逸話がある。地元の言い伝えによると、ジェームズ一世がプレストン近郊のホートン・タワーというマナーハウスで食事をしていたとき、ひときわ美味しい牛の腰肉(ロイン)が提供された。王は感激のあまりに、その特選牛肉に爵位を授けることにした。「そなたをサー・ロインとする」と王が宣言すると同時に、世界初のサーロインステーキが誕生したとされる。言うまでもなく、このように尊き肉に爵位が授けられたことを裏づける一次資料(ソース)(あるいは肉汁(ソース))はいっさいない。それよりも、「腰肉の上」を意味するフランス語の「sur-loin」から、その名がついたと考えるほうが妥当のようだ。

レスターシャーのせむし王

レスターシャーでいちばん有名な住民は、かなり昔の人物でありながら、いま話題の人でもある。リチャード三世は、二〇一二年九月、思いがけずニュースのヘッドラインを飾った。長らく行方知れずになっていた彼の遺骨が、地元の駐車場の下から発見されたのだ。この発見は、リチャード三世が「色恋もできぬ体つき」〔シェイクスピアの史劇、『リチャード三世』第一幕第一場より〕の、足を引きずって歩くせむしの王だったという神話に終止符を打つこととなった。発見された背骨にはたしかに湾曲が見られたが、せむしと言うほど目立った形ではなかった。舞台や映画で描かれるような萎びた腕の形跡もなかった。リチャード三世は、「嘘つきの自然に体つきを騙し取られた」〔同上〕歩行困難者ではなく、敵との戦いで命を落とした有能な剣士だった（戦死した最後のイングランド王でもある）。

リンカンシャーの平たい評判

東部に位置するこのカウンティは、平坦な地が続く退屈なところだと無下にされることが多い。しかし、カウンティ唯一のシティであるリンカンを歩いたことがある人なら、そんなレッテルに異論を唱えるはずだ。リンカンは、急勾配の斜面で高台になった中央に位置しており、リンカン城にのぼるメインルートはスティープ・ヒル（急な坂道）と呼ばれている。さらに東へ行くと、リンカンシャー・ウォールズがあり、イングランドの東側のヨークシャーからケントまでのあいだのどこよりも高い丘陵が連なっている。さらにリンカンシャーには、一三一一年から一五四九年まで、リンカン大聖堂の中に世界一高い建物があった。もっと最近では、ベルモント送信所が西ヨーロッパでいちばん高い建造物だったこともある。評判とは裏腹に、リンカンシャーには高いところがたくさんあるのだ。

マージーサイドのスカウスの歴史

リヴァプールの素晴らしいタウンと市民については、多くの俗説が伝わっている。巻き毛で口髭を生やしたリヴァプール民はごくわずかだし、車のホイールキャップを盗む人はまずいない。しかし、何より面白いのは、住民たちのニックネーム――スカウサー――にまつわる話だ。この呼び名は、かつて港の船乗りたちがこぞって昼に食べていた、スカウスと呼ばれる安価な肉と野菜入りのシチューに由来している。多くの人は、スカウサーが自分たちの呼称の由来になった料理を発案したと思うだろうが、それは間違いだ。このシチューはもともとノルウェーか北ドイツから入ってきたもので、それらの地域ではラプスカウスという名で知られている。ヨーロッパ中の船乗りたちがこのシンプルな鍋料理を食べていたが、とりわけマージーサイドの人々のあいだで人気が爆発したらしい。この言葉は、さほど古いわけでもない。リヴァプールの港湾労働者たちのあいだでは、一九世紀から互いにスカウサーと呼びあっていたようだが、それ以外の人々にこの言葉が広まったのは第二次世界大戦に入ってからだった。一九四〇年代の新聞記事でこの言葉が使われるときは、決まって引用符で囲われていた。いくつかの文献は、これは海軍のスラングだったとして、リヴァプールの水兵が動員されるようになって、この言葉が広く知られるようになったのではないかと指摘している。

ノーフォークの人工景観

ノーフォークにあるブローズ国立公園は、イングランドで最も大切に保護されている自然景観のひとつだ。しかし残念ながら、それは国立公園でもなければ、天然なわけでもない。この川と湖が広がる一帯は、一九八八年制定の議会法のもとに保護されているが、自ら謳っている国立公園というステータスはいまのところ認められていない。さらに、これが人工的な景観であることも忘れてはならない。水路のユニークな流れは、人の手が加わった結果だった。中世の時代に、労働者たちは燃料用の泥炭を掘りだす過程で、盆地や水路を抉っていった。海面の上昇によって掘りだされた泥炭が浸水したことで、いまの美しい景観が生まれたのだ。だからといって、ブローズの素晴らしさが損なわれるわけではない。ステータスや起源がどうあれ、そこが魅力あふれる場所であることに変わりはない。

ノーサンプトンシャーの惑星間ズボンプレッサー

ホテルの客室で愛用されているコルビー社（the Corby）のズボンプレッサーは、ノーサンプトンシャーのコービー（Corby）というタウンとはなんの関係もない。コルビー社は、一九三〇年にウィンザーの作業場でこのズボンプレッサーを製造するようになった、創業者のジョン・コルビーにちなんで名づけられた。一方のコービーのタウンも、ある素晴らしいものの名称の由来になっている。ずばり火星のクレーターだ。そのクレーターの名前は、アポロ一一号の乗組員と管制センターのあいだで世界の最新ニュースについて交わされた通信にちなんで名づけられたと言われている。乗組員に最後に伝えられたのが、コービーで開催された世界粥（ポリッジ）大食い選手権に関するニュースだった。すると宇宙飛行士のマイケル・コリンズが、いつかバズ・オルドリンがその大会で優勝するかもな、とジョークを飛ばした。「彼はいま一八杯めを食ってるよ」と。

ノーサンバーランドとロシアのあいだで続く戦争

ノーサンバーランドのベリック＝アポン＝ツイードの Wikipedia のページには、世界からほとんど注目されていない小さなタウンとしては驚くべきことに、「ロシアとの関係」という項目がある。そこには、イングランドの歴史の中でもとりわけ奇妙な言い伝えについて書かれている。厳密には、ベリックとロシアはまだ戦争中だというのだ。このような見解が生まれたのも、ベリックが国境のタウンとして、イングランドとスコットランドに何度か入れ替わりで領有されてきたからだ。その移り気な忠誠心のおかげで、ベリックはしばしば公式文書で特別なステータスを与えられた。一八五三年のロシアに対する宣戦布告書では、「グレートブリテン、アイルランド、ベリック＝アポン＝ツイード、およびイギリス自治領の女王ヴィクトリア」という印が押されたとされている。一八五六年、クリミア戦争を終結させた講和条約の中で、ベリックがうっかり省かれてしまったことで、ロシアとの戦争に取り残されたというわけだ。

この話は、ほぼ事実ではないことが判明している。たしかに、ベリックはかつて公式文書内に（ウェールズとともに）特別に言及されていたが、一七四六年に制定されたウェールズ・ベリック法によって、そのような例外は是正された。それから一世紀が経ち、先の宣戦布告でも講和条約でも、ベリックはまったく言及されなかった。わたしは、一九一四年まで遡って、『ベリック・アドバタイザー』紙に、ケンブリッジ大学のカニングハム大執事が語ったこととして、この話が詳しく紹介されていたことを突き止めた。大執事は、関連文書に当たって真偽を確かめたわけではないが、と最後に言い添えている。そこから、このジョークが広まっていき、一九六六年にソ連共産党の機関紙『プラウダ』のロンドン特派員が和平を訴えにベリックを訪問したときには大ブームとなった。同新聞で大々的に報道されたことで、この言い伝えが次の世代にまで定着したのだった。「安心してベッドでやすんでいて大丈夫ですよと、御新聞でロシアの方々にどうぞお伝えください」と、ベリック町長はジョークを飛ばしている。

ノース・ヨークシャーの薔薇色に染められた歴史

それはイングランド史上でも指折りの血なまぐさい時代だった。薔薇戦争でヨーク軍（白薔薇）とランカスター軍（赤薔薇）が、王位をめぐって三〇年にわたって激しく争いあった。しかし、実際のところはかなり違ったようだ。当時は、誰もこれを「薔薇戦争」だとは思っていなかった。この名称は、およそ三五〇年後の一八二九年に発表された小説、『Anne of Geierstein（ガイアシュタインのアン）』（未訳）の中で、ウォルター・スコット卿がつくりだした造語だ（それ以前にも、「ふたつの薔薇の争い」という表現はあった）。また、戦争と殺戮がずっと続いていたわけでもなかった。三〇年間の戦いのあいだには、一四七一年から八三年にかけての一二年に及ぶ停戦など、長い平和の期間もあった。

いちばん驚きなのは、これがヨークとランカスターのシティ間の争いではなかったということだ。[7] ランカスター派はグロスタシャーやウェールズ国境との結びつきが強く、一方のヨーク派は南東部を支持基盤としていた。薔薇というのも、やや無理やりな表現だ。たしかにヨーク家は白薔薇をシンボルとして用いていたが、それはいくつかあるシンボルのひとつにすぎなかった（たとえば、リチャード三世の最も有名な旗印は白いイノシシだった）。ランカスター家が赤薔薇を紋章として使うようになったのは、この戦争のあとからだ。もしも当時戦っていた兵士に近づいていって、「薔薇戦争の進捗状況は？」と尋ねたら、きっとぽかんとした顔をされただろう。薔薇との結びつきが強まったのは、ランカスター家の系統のヘンリー七世の勝利が決まったあとのことだった。彼とエリザベス・オブ・ヨークとの結婚

7　毎年行われるスポーツ大会では、両タウンの大学間の争いがいまでも続いている。わたしの母校ヨーク大学は、いつだって最強のチームだ。

は、ランカシャーの赤薔薇にヨークシャーの白薔薇を合わせた、テューダー・ローズによって象徴された。それから一世紀以上経ってから、シェイクスピアの戯曲によって、この結びつきが確固たるものとされた。『ヘンリー六世 第一部』の中で、有力貴族たちがテンプル法学院の庭でそれぞれの色の薔薇を摘み取る。この場面はまったくのフィクションだが、おそらくほかのどの記述よりも、わたしたちがこの時代を薔薇色に染めて想像する要因となっている。

ノッティンガムシャーの古(いにしえ)の木

ノッティンガムシャーのシャーウッドの森にあるメジャー・オークは、イングランドで最も有名な木だろう。このどっしりとした幹のオークは、一二〜一三世紀にロビン・フッドと愉快な仲間たちの隠れ処になっていたとされる（証拠はない）。たしかにとても古い木で、樹齢は一〇〇〇年と推定されている。しかし、勘違いされがちだが、ＵＫで最古の木ではない。たくさんあるイチイの木々のほうが、ずっと古い。通常、最古の木といえば、スコットランドのパースシャーにあるフォーティンゴールのイチイとされ、その樹齢は二〇〇〇〜三〇〇〇年と考えられている（生きている木の樹齢を測定するのはとても難しい——切り倒して年輪を数えればいいってものではないからだ）。

オックスフォードシャーのラテン語へのこだわり

バークシャー（Berkshire）は「バークス（Berks）」、ランカシャー（Lancashire）は「ランクス（Lancs）」など、ほとんどのカウンティが合理的な略称をとくに不満もなく用いている中、オックスフォードシャー（Oxfordshire）は「オクソン（Oxon）」と略す。「Oxfordshire」のどこにも「n」など入っていないのに、略称になると、魔法のように「n」が現れる。この奇妙な短縮形は、オックスフォードのラテン語名「Oxonium」から来ている。たいして意外でもない。ほかにも、ハンプシャー（Hampshire）はハンツ（Hants）、ノーサンプトンシャー（Northamptonshire）はノーサンツ（Northants）、そして最も不可思議なシュロップシャー（Shropshire）はサロップ（Salop）など、予想外の略称を持つカウンティは少なくない。いずれも、カウンティの昔の名前に由来している。

ラトランドの小さな小さな主張

イングランドでいちばん小さなカウンティ。本当に？　ＢＢＣのクイズ番組『ＱＩ』のあるエピソードによると、このこぢんまりとしたカウンティは、一日に二回、ワイト島より小さくなるという。ふたつの面積は同じくらいで、ラトランドのほうが僅差で大きいが、干潮時に海岸がより多く露出することで、ワイト島が内陸のライバルを追い越すというのだ。この主張は、控えめに言っても疑わしい。カウンティの境界は固定されており、潮の満ち引きで増減することはない。もっと言ってしまうと、ラトランドもワイト島も、歴史的カウンティにおいて最小であるにすぎない。典礼カウンティ――わたしがこのリストの基準として用いている現代の地理カウンティ――としては、シティ・オブ・ロンドンとブリストルのほうがはるかに小さい。

シュロップシャーの盗まれてやってきたチーズ

シュロップシャー・ブルーは、イングランドのチーズの中でも、ひときわ特徴的な見た目をしている。商品でいっぱいのデリ・コーナーでも、この濃いイエローとブルーの乳製品はすぐに見つけられるだろう。しかし、その名のウェスト・ミッドランズのカウンティとの関係性はどうも怪しい。このチーズは、一九七〇年代半ばに、数世紀ぶりとなるイギリスの新しいブルーチーズとして、約六五〇キロメートル（約四〇〇マイル）離れたスコットランドのインヴァネスで初めて製造された。当初はインヴァネスシャー・ブルーとして販売されていたが、のちに売上を伸ばすために、このなじみの名前が採用された。こんにち、シュロップシャーで製造されているシュロップシャー・ブルーはごくわずかで、ほとんどはレスターシャーかノッティンガムシャー産だ。

サマセットの極小シティ

ウェルズのシティ・カウンシルのウェブサイトには、「サマセットのウェルズは、絵のように美しいメンディップ地区にある古い司教座シティです」と書かれている。異論はない。続いて、「イングランド最小のシティとして知られています」とある。これもまた、巧みな言い回しのおかげで嘘ではない。たしかにウェルズは最小のシティとして知られているが、実際にはそうではない。シティ・オブ・ロンドンはウェルズの面積の半分強しかなく、人口は二五〇〇人少ない。「ちゃんとしたシティではない」と顧みられず、ロンドンのもっと広範な地域にまとめられることが多いが、シティ・オブ・ロンドンはそれ自体で正真正銘のシティ（かつカウンティ）だ。ウェールズには、セント・デイビッズとセント・アサフという、さらに小さなふたつのシティがある。

サウス・ヨークシャーの豊かな緑地

この地域最大のシティであるシェフィールドは、工業と重労働の汚い場所として有名だ。しかし、これはシェフィールドに行ったことがない人のあいだでの悪評にすぎない。かつては煙突と広大な製鋼所が立ち並ぶ巨大工業都市だったのは事実だが、いまではイングランドでもとりわけ快適なシティのひとつに数えられている。実際、シェフィールドは八〇の公共公園と六五〇の緑地を有し、イングランドでいちばん緑豊かなシティを主張している。また近年、シティの中心部にウィンター・ガーデンが建設された。植物と人工工学が見事に融合された、ヨーロッパ最大とも言われる都市型温室だ。シティにある木々は推定二〇〇万本にのぼり、ひとり当たりの本数がUKのどのシティよりも多いと言われている（実証するのは難しいが）。

スタッフォードシャーの死者の野原

スタッフォードシャーのリッチフィールド（Lichfield）が、イングランドでもとくに知名度のないシティのひとつであることは間違いないが、その語源にまつわる俗説によって、ほんの少しだけ知られるようになった。リッチフィールドは「死者の野原」の上に建てられたというのは本当だろうか？　名前はそう示唆している。「リッチ（Lich）」は、古英語で死体を意味する（教会周辺の墓地に通ずる門をリッチゲート［lych gate］と言うのは、そのためだ）。ローマ帝国が地元のキリスト教徒を迫害した紀元三〇〇年頃、とくにこの地域は死体であふれかえっていた。一〇〇〇人が殺され、その死体が野ざらしに放置されたことで、死者の野原と化したのだ。リッチフィールド大聖堂の北側の一帯は最近までクリスチャン・フィールズ（キリスト教徒の野原）と呼ばれており、シティのかつての紋章には散乱した死体が描かれていた。すべて符合するように思われる。しかしながら、まともな歴史家たちはこの話を一蹴している。このシティの名前は、おそらく陰鬱な森（lich）のそばの牧草地（feld）という意味の古英語が由来となっている。だが、陰鬱な森よりも血みどろの牧草地のほうが人々の想像力をはるかにかき立てるので、このような言い伝えが根強く残っているのだ。

サフォークの失われた都

ダニッチの崖の上に立つと、物哀しい鐘の音が聞こえてくるかもしれない——波の下から幽霊のように響く弔いの鐘の音が。昔にぎわいを見せたこのタウンは、徐々に海に沈んでいった。ダニッチはかつてこの地域の中心として栄え、一〇八六年の『ドゥームズデイ・ブック』〔世界初の土地台帳〕の時点では三〇〇〇人が暮らしていた。中世に起こった高潮と海岸侵食によって削られていき、ほぼ廃墟と化した。現在、このあたりに住んでいるのは二〇〇人にも満たない。数世紀にわたって、少なくとも八つの教会が海に消えていった。直近では、一九二二年にもひとつ沈んでいる。教会の鐘はいまもそこにあるかもしれないが、その音が響き渡ることはないだろう。仮にまだ鐘の舌がついていたとしても、何十年も海底にあれば、いろいろなものが付着して音が出なくなっているはずだから。

サリーの最も重要な署名

問題：ジョン王がマグナ・カルタに署名したのはどこだ？　答え：いちばん下。何世代にもわたって小学生たちのあいだで語り継がれているジョークだ。もう少しまじめに答えるなら、もちろん、ステインズ近郊のテムズ川に沿った湿地牧野地帯のタウン、ラニーミードだ。しかし、衒学者に言わせれば、これも正しくない。中世の王たちは、重要な文書には署名ではなく押印をしていたのだ。二〇一五年にマグナ・カルタの八〇〇周年を記念して、羽根ペンを持つジョン王がデザインされた二ポンド硬貨が鋳造されたが、まんまと罠に引っかかってしまったというわけだ。本当は、蜜蠟の印を押すことで、ジョン王は国王の裁可を示したのだった。

タイン・アンド・ウィアの有名なビール

一九九〇年代、ニューカッスル・ブラウン・エールは、ニューカッスル・ユナイテッドFCという派手なスポンサーの後ろ盾もあって、UKのアルコール飲料でいちばん多く流通していた。いまでもよく売れているが、わたしが学生だった頃のような、つい飲みたくなる流行りの酒といった感じではもうない。わたしがクラフト・エールの琥珀色に誘惑されて、心変わりしたのはたしかだ。しかし、ニューカッスル・ブラウン・エールも心変わりして、ニューカッスルから出ていってしまった。二〇〇五年、醸造所がタイン川対岸のゲーツヘッドに移転したが、地元からの不

満の声が多かった。五年後にはさらなる飛躍を遂げ、タインサイドを離れてノース・ヨークシャーのタドカスターに移った。現在、同ブランドはハイネケンが所有し、オランダで醸造されている。多くの人がたぶんわかっていないので、もう一度言おう。ニューカッスル・ブラウン・エールは、ニューカッスルで醸造されていない。ましてや、イングランドでも醸造されていない。現在、一部のボトルには「Made in Holland（オランダ製）」と書かれ、すぐその下に、地理的混乱をきたすようにタイン橋の絵がある。このエールを飲む層も変わった。かつてはイングランド北部の労働者階級の飲みものというイメージだったが、いまではエリザベス・ハーレイが宣伝するおしゃれな酒として、ほとんどがアメリカで売られている。

ウォリックシャーの怪しいスポーツの歴史

ウォリックシャーのある学校の名を世界の隅々にまで広めた有名なできごとについて、銘板にはこんなふうに書かれている。

「この石板は当時のフットボールのルールを見事に無視して初めてボールを抱えたまま走ったことによってラグビーゲームの決定的な特徴をつくりだしたウィリアム・ウェッブ・エリスの功績を記念するものである。一八二三年」

句読点も歴史的証拠も見事に無視した銘板である。エリスの無鉄砲なハンドプレーに関する当時の記録は何もない。実際のところ、この言い伝えが記録に残されたのは、エリスの死後の一八八〇年代以降だったようだ。しかもそれは、その場に居合わせていなかった卒業生の逸話がもとになっている。間違っているとか、正しくないとか言うつもりはないが、噂話がずっと伝聞されてきたにすぎない。

真実はもっと複雑なものだったと思う。このできごとが起こったとされる当時、フットボールのルールは体系化されておらず、いくつかのルールではハンドが認められていた。たしかにエリスは、ボールをキャッチしてスローする競技にラグビー・スクールの少年たちを導く一翼を担ったのかもしれない。しかしその進化は、すばしっこいスクラムハーフ以上に、あっちにこっちにたくさんの紆余曲折を経たはずだ。

のちに地元の革職人のリチャード・リンドンが、ラグビー・スクールの少年たちのために初めて卵型のボールをつくったことで、同校の名が不朽のものとなった。この形状が支持され、一八九二年にはラグビー競技の定番として使われるようになった。のちに有名な聖職者になったエリスが、たとえ事実だったとしても、自身の競技への貢献について語ることはなかった。自分が国際的スポーツの生みの親で、そこからさらにアメリカンフットボールやオーストラリアンフットボールなど、ほかの競技の形成にもひと役買ったと考えられていると知ったら、きっと彼は驚いたに違いない。

ウェスト・ミッドランズのヴェネツィアへの回答

バーミンガムについての事実を何か教えてくれないかと誰かに尋ねれば、きっと古い格言を引きあいに出して、ヴェネツィアよりも運河が長いと返答されるだろう。わたしはこの統計の誤りを暴いてやるつもりだったが、意外にも本当であることが判明した。バーミンガムのシティ・カウンシルによると（彼らが間違っている可能性もあるが）、バーミンガムの運河が全長五六キロメートル（三五マイル）なのに対し、ヴェネツィアの運河は四二キロメートル（二六マイル）しかない。しかしヴェネツィアの観光名所である運河は、バーミンガムの都会に乱雑に広がる運河に比べて、はるかに小さなエリアに集中している。一平方マイル当たりの長さでは、やはりヴェネツィアに軍配が上がる。質か量かといった問題もあるだろう。緑地という点では、バーミンガムも申し分ない。醜いコンクリートだらけの都市計画で有名なシティだが、実はヨーロッパのどの都市よりも緑地が多い。なぜいまだにイメージが悪いのか不思議だ。

ウェスト・サセックスの潮目を変える王

ウェスト・サセックスのボシャムは、誰も聞いたことのない村の中では最も重要かもしれない。バイユーのタペストリー〔ノルマン・コンクエストの物語を描いた刺繡画〕に村の教会が登場し、名前もちゃんと記されている。ノルマンディー公ギョーム〔のちのウィリアム征服王〕と相見える前に、王位継承について非常に重要な対話をするためにエドワード懺悔王とハロルド〔のちのハロルド二世〕が落ち合ったのが、ボシャムだった。ハロルド二世の遺骨が眠っているのも、ここかもしれない（この議論については、一五五～一五六ページを参照のこと）。ボシャムはまた、クヌート王（King Cnut）〔残念なタイプミスを恐れる人は「Canute」と綴る〕とも深いつながりがある。デンマーク、ノルウェー、イングランドの王となったクヌートのあまりの強大さに、彼が命じれば潮の流れも変えられると廷臣たちは信じていた。自分にそこまでの力はないと示すために、クヌート王は水際に立ち、波よ引けと命じた。しかし何も起こらなかったので、信じて集まった人々の脚はずぶ濡れになった。クヌート王による謙虚さの実演は、イングランド史に記録されている最古の嘘のひとつなので、この本で紹介しないわけにはいかない。

この話自体もしばしば誤解され、クヌートは、神しか自由に操れない力を自分も持っていると思い上がった傲慢な王として描かれることがある。避けられないことを止めようとする虚しい試みの比喩として、「潮の流れを戻す」という表現がいまも使われている。しかし古い記述によれば、クヌート王が喜んでずぶ濡れになったのは敬虔さを示さんがためだったことは明らかだ。このエピソードの舞台がボシャムだったのか？　ほかにも、サウサンプトン、ウェストミンスターのテムズ川、リンカンシャーにあるゲインズバラというタウン（感潮河川のトレント川が通っている）など、六つの場所がこの伝説の地を主張している。このできごとが初めて記述されたのは、そのようなことがあったとされる一〇〇年後のことで、場所については記されていない。そもそも、そんなできごとはなかったのかもしれない。しかし、よくできた話というのは、ひとたび世に出てしまうと、王の御意志であろうと止めることはできないのだ。

ウェスト・ヨークシャーのボール紙の妖精

ウェスト・ヨークシャーのブラッドフォード近郊に住むふたりの少女たちのカメラの前で、本当に妖精たちは飛び跳ねていたのだろうか？　一躍有名になった五枚の写真には、ふたりの少女たちが見つめる中、「コティングリーの妖精たち」と呼ばれた小人の集団が踊る姿が写しだされている。デジタル加工やフォトショップ画像を見飽きている現代の目からすると、間違いなく答えは「ノー」だ。超自然的な存在なんて、ドナルド・トランプの広報チームくらい信じてはいけないものだ。しかし、これらの写真が初めて出回った一九二〇年代初頭には、多くの人々が騙された。その筆頭がアーサー・コナン・ドイルだ。『シャーロック・ホームズ』シリーズの著者であるコナン・ドイルは、その究極に理性的な作品とは裏腹に、これら妖精の写真を本物だろうと考えた。この件は何十年も議論されたが、のちに高齢になったコティングリーの少女のひとりが偽造を認めた。二〇世紀を代表する悪ふざけと言えるだろう。

ウィルトシャーの誤解された遺跡

ストーンヘンジとドルイドたちの世界へ。スパイナル・タップ〔一九八四年公開のコメディ映画『スパイナル・タップ』に登場する架空のヘヴィメタルバンド〕が歌っているように、「彼らが何者で、何をしていたかは誰も知らない」。しかし、彼らが何をしなかったかは知っている。それはストーンヘンジの建設だ。最古の円陣形が現れたのは少なくとも紀元前三〇〇〇年前まで遡ると考えられ、さらに紀元前二五〇〇年頃の青銅器時代に、ブリトン人によって巨大な立石が造営されるようになった。一方、ドルイド〔古代ケルト社会の有力階級の人々。祭司、預言者、政治的指導者など、さまざまな憶測がなされているが、詳しいことはわかっていない〕が登場するのは、紀元前五〇〇年頃にケルト人が到来してからだ。ヨーロッパからやってきた彼ら新参者たちは、これらの立石群が既にはるか昔のものであることに気づいただろう。その年月の隔たりは、現代とローマ帝国時代くらい離れている。ドルイドがストーンヘンジを利用していたことは間違いないが、彼らが建てたわけではないのは明らかだ——コメディ音楽映画でそう学んだかもしれないが。

一九五〇年代の技術者たちもまた、ストーンヘンジを建てたと言ってもよいかもしれない。この一〇年のあいだに、ストーンヘンジの大規模修繕が行われたのだ。落下したサルセン石がもとの位置に持ち上げられ、ぐらぐらと不安定だった石が正しく固定された。もしも夏至あたりにストーンヘンジを訪れる機会があれば、土台をよく見てほしい。石の多くがコンクリートの支柱で固定されているのがわかるだろう。中にはかなり目立つものもある。

最後に、ストーンヘンジはヘンジ〔環状の土塁と周溝〕という名前一般の由来になっているが、ストーンヘンジ自体は正しくは「ヘンジ」ではない。専門的な定義では、土塁の内側に溝がなければならないが、ストーンヘンジは外側にある。同じくウィルトシャーにあるウッドヘンジやノーフォークにあるシーヘンジも、このテストでは不合格である。

ウスターシャーの粋(ソーシー)な輸出品

もしもあなたが、なんらかの理由で、イングランドの誤解についての本を企画することになったら、いかにもイングランドといった感じのアイテムをリストアップするのではないだろうか。紅茶、山高帽、スコーン、傘……などなど。そのリストにぜひウスターシャーソースも入れていただきたい。この風味豊かな添加物は、年間に何百万もの英国人に愛用されているうえ、名前もじつにイングランドらしい。しかし奇妙なことに、この茶色い調味料の最大の消費者は、ウスターシャーの善良な住民たちではない。ウスターシャーソースのファンが最も多いのはエルサルバドルで、人々はこれを薬味と一緒に（あるいは薬味として）食べている。基本的にUK以外では発音不可能な名前なので、彼らはこのソースを製造元のリー・アンド・ペリン社にちなんでラ・サルサ・ペリンと呼んでいる。『ウォール・ストリート・ジャーナル』紙によると、エルサルバドルでは年間に四五〇トンのウスターシャーソースが消費されているという。

イースト・ライディング・オブ・ヨークシャーの変則的な名前のシティ

二〇一七年の英国文化都市のハルを訪れたことはあるだろうか？　わたしは近郊のグリムズビーというタウンで育ったが、そこの人々はハンバー川の向こう岸のハルを訝しげに見ていた。というのも、厳密にはハルはシティではなく川の名前だからだ。ハルの正式名称は、キングストン＝アポン＝ハルという。つまり、ハル川のほとりに建てられたキングストンというシティ、という意味だ。これを単に「ハル」と呼ぶのは、シェイクスピアの生誕の地であるストラトフォード＝アポン＝エイヴォンを「エイヴォン」、ニューカッスル・ブラウン・エールの本家本元であるニューカッスル＝アポン＝タインを「タイン」と河川の名前で呼ぶようなものだ。だが、ヨークシャーの人々はハルのほうを残した。おそらく、「キングストン」が新しすぎたのだろう。ほとんどのシティはアングロ・サクソン時代に既に名前がついていたが、キングストン＝アポン＝ハルは遅かった。ハル川とハンバー川の合流点にあるこの小さな村は、一二九九年までワイクと呼ばれていた。同年、エドワード一世がこの場所を気に入り（野ウサギに導かれてやってきたとか）、土地を購入して、キングス＝タウン（王の町）と名を改めた。それ以来、誰もがハルと呼んでいる。

国家のしくみ

女王は無宗教になれる？
ユニオンジャックを上下逆さに掲揚すると大問題になる？
店はスコットランド紙幣での買い物を拒否できる？
意外な答えがお待ちかねだ。

国王は投票できないなど、王室にはいろいろな制限がある?

エリザベス二世女王陛下〔本書刊行の二〇一八年時点〕には同情する。この国の最長在位の君主としての彼女の生涯は、つねに政治家や立法者たちとともにある。女王の署名がなければ、どんな法律も法律にはならない(女王はこれまでに三五〇〇以上の法案に署名している)。しかし女王は、そのプロセスに影響を与えることはできない。女王自身のウェブサイトにもあるように、君主は「政治的な問題については厳格に中立を保たねばならず、選挙で投票したり立候補したりすることはできない」のだ。

この「できない」というのは逃げ口上だ。国王の投票を禁じる法律上の妨げはない。エリザベス女王が投票しないのは、伝統と儀礼に則ってのことであり、羊皮紙の切れっぱしのどこかに投票してはならないと書いてあるからではない(そもそも、誰がそんな法律を認可するだろう?)。違憲とみなされる可能性もあるし、メディアでは間違いなく激しい論争が起ころだろうが、女王の投票は有効なのだ。同じ理由で（ほかにも理由はあるだろうが）、「保守党の政策は面白くない」とか、「あのナイジェル・ファラージとかいう男の考えには共感する」などと、女王が発言するのを聞くことは絶対にない。ほんのわずかでも政治的スタンスをうかがわせるような発言は、マスコミに細かくチェックされるからだ。ほかの高位王族、とくに継承順位の高い王族も、政治や投票所を避けるこの慣習に従うものとされている。

国王は無宗教になれるのだろうか？　少なくとも公に知られているかぎり、そのような事態になったことは一度もない。もしそんなことになれば、陰謀が巻き起こるだろう。イギリスの君主は、イングランド国教会の首長でもあり、「信仰の擁護者」という称号を名乗っている。現在も効力のある王位継承法（一七〇一年）には、継承順位はプロテスタントのみを容認するとある。しかし、在任中の君主がある日突然すべての信仰をやめた場合にどうなるかは明記されていない。

きっと、ベジタリアンがビーフステーキ品評協会の会長を務めるような、なんとも奇妙な感じがするだろうが、不可能ではない。君主が無宗教であることを公言したとしても、イングランド国教会の伝統を尊重して波風を立てないかぎり、うまくやり過ごせるだろう。結局のところ、君主の役割のほとんどは、現君主の個人的見解を反映させずに、古い儀礼や儀式に参加することだからだ。また戴冠式の誓いでも、信仰が問われることはなく、国王がイングランド国教会と国家との関係を維持・保護することだけが求められる。重要なのは、熱心に仕事をするよりも、従来どおりにこなすことなのだ。一方、けんか腰の無宗教者[8]が君主になれば、確実に憲法上の危機を引き起こすことになるだろう。

時代は変わるもので、君主制を規定するルールすら不変ではない。二〇一三年に改正された王位継承法によって、ようやく王室メンバーは王位継承順位から外されることなくローマ・カトリック教徒と結婚できるようになった。しかしこの法は、カトリック教徒が王位につくこと自体についての制限を撤廃したわけではなかった。何世紀が経っても、イギリスの教会と国家の長がローマ教皇に頭をさげるという考えは、どうしても受け入れがたいのだ。

最後に、君主にはユニークな制限がある。どんな口実であろうと（ただし、隣の部屋から緊急避難する場合は除く）、君主が庶民院に入ることは許されない。このルールは、チャールズ一世が庶民院に乗り込んで五人の議員を逮捕しようとした、一七世紀半ばまで遡る。それ以来、国王は出入りを禁じられ、黒杖官に代理を務めてもらわなければならない。国王の演説から始まる議会の開会式は、貴族院で行われる。

君主の役割は制限だらけというわけでもない。投票したり、カトリックに改宗したり、庶民院で首相を怒鳴りつけたりすることはできないが、ほかの王族すら持てない特権をたくさん享受している。

8　念のために言っておくと、熱心な無神論者である進化生物学者のリチャード・ドーキンスとエリザベス女王は、彼独自の家系調査によると、一五世代前が兄弟同士の一世代違いの遠縁に当たる。ドーキンスの王位継承順位は、あなたやわたしと同じくらい低い。

刑事免責

すべての刑事訴追は在任中の君主の名のもとに行われる。よって、君主を裁判にかけることはできない。エリザベス女王VSエリザベス女王という、わけのわからないことになるからだ。また、君主は裁判で証拠を提出することもできない。このことは、既に実証ずみだ。一九一一年、ジョージ五世は重婚の濡れ衣を着せられた。国王は必要ならば出廷すると申し出て、伝統を破って裁判で賠償を求める覚悟があると訴えた。法務長官は、国王が自身の法廷で証拠を提出することは違憲であるとした。また君主は、いかなる刑事訴追も免れる。そのため厳密に言えば、エリザベス女王は原付バイク窃盗犯になることもできるし、バルコニーからライフルで民衆を撃って日々を過ごすこともできるし、革命に手を染めようと誰も止めることはできない。しかし現実には、王の悪事の気配がほんの少しでも匂えば、マスコミが大騒ぎし、憲法の危機となるだろう。

首相の任命権

わたしたちは、庶民院で過半数を占めた党の誰かが首相に就任するという前提のもとに暮らしている。しかし、必ずしもそうである必要はない。任命責任は君主にある。エリザベス女王がそう決めたのなら、期待されるリーダーをしっしっと追い払って、自分の犬舎や厩舎の世話係を首相に任命してもよい。実際には、先に述べた政治的中立という理由から、そのような行動はしない傾向にある。

免税

君主はほとんどの税金の納付を免除されている。しかし、現女王は一九九二年以降、所得税とキャピタルゲイン税を自発的に納税している。

恩赦の付与

野生のイノシシに襲われた人を救ったことで、国王から恩赦を与えられたふたりの囚人の話を聞いたことがあるだろうか？　まるで中世の話としか思えないが、これは二〇〇一年にウェールズの刑務所で起こったことだ。ふたりの囚人たちは、刑務所農場長の命を救わんと仲裁に入ったとして、刑期を一カ月短縮された。君主には、有罪判決を受けた者の量刑を変更できる権限がある。ただし、このときもそうだが、事務処理はたいてい大法官がやることになる。近年、王による恩赦で最も注目を集めたのは、二〇一三年のことだ。一九五二年に重大なわいせつ罪（当時は、同性愛行為への同意がそのように考えられていた）で有罪判決を受けた、コンピュータのパイオニアで、ブレッチリー・パーク〔第二次世界大戦期に政府の暗号学校が置かれていた〕の暗号解読専門家で、万能の英雄アラン・チューリングが、死後に恩赦を与えられたのだ。

無免許運転

君主はこの国で唯一、公道で車を運転するのに運転免許証がいらない。ナンバープレートを掲示する必要もない。エリザベス女王が運転を習ったのは、一九四五年、最初のモーターウェイが開通する一三年前のことだった。ふだん、公の場ではお抱え運転手つきの車で移動するが、私有地内では九〇代になっても運転席に座っていた。

チョウザメの所有権

万が一、イギリスの領海でチョウザメを釣り上げた場合は、無傷のまま海に戻すか、君主に送るかしなければならない。チョウザメ、クジラ、場合によってイルカ、ネズミイルカは、王室魚（四種のうち三種は哺乳類だが）であり、君主の所有物だからだ。印のつけられていない白鳥も同様である。

国王の公邸はバッキンガム宮殿？

ヴィクトリア女王以降、イギリスの君主は代々バッキンガム宮殿をロンドンの主要住居にしてきた。イギリス王室と最も関係の深い建物である。もしあなたが、「宮殿にお茶に誘われた」と言えば、誰もがバッキンガム宮殿のことだと思うだろう。そして、それは嘘だと。

しかし、バッキンガム宮殿は公邸とはみなされていない。もしエリザベス女王がフルネーム[9]と住所を求められるオンラインフォームに記入するとしたら、ザ・マルのすぐ近くのもっと古い建物を挙げるはずだ。

ハンセン病患者用病院の跡地に建てられたテューダー朝時代の邸宅であるセント・ジェームズ宮殿（St James's Palace）は、宮廷の所在地として、国王または女王の正式な住居となっている。外国の大使たちが迎え入れられるのはセント・ジェームズの宮廷（the Court of St James's）であって、バッキンガム宮殿ではない。セント・ジェームズ宮殿はまた、王位継

9　念のために言っておくと、エリザベス・アレクサンドラ・メアリー・ウィンザーだ。正式な称号である、「神の恩寵による、グレートブリテンおよび北部アイルランド連合王国およびその他のレルムと領域の女王、コモンウェルス首長、信仰の擁護者であるエリザベス二世」は、ほとんどのプルダウンメニューには出てこない。

承でも重要な役割を果たしている。君主が逝去すると、王位継承評議会と呼ばれる有力者たちの会合が開かれて、王位継承者の名前が確認される。そしてその名が、プロクラメーション・ギャラリーと呼ばれる、宮殿の公道に面した中庭を見下ろす銃眼つきのバルコニーから宣言される。つまり、次の君主の正式発表はこの場所で行われるのであって、バッキンガム宮殿ではないのだ。これを執筆している時点で、セント・ジェームズ（St James's）[10]が君主の住居に使われることはほとんどないが、プリンセス・ロイヤルはここに居室を持っており、プリンス・オブ・ウェールズは隣接するクラレンス・ハウス経由で宮殿と庭を共有している。

　バッキンガム宮殿（とそのほかの王宮）にまつわる、もっと露骨なデマがある。それは、旗に関することだ。長いこと門付近をうろうろしていると、誰かが「見ろ、ユニオンジャックがはためいている。ってことは女王がおいでだな」と言うのを耳にするはずだ。むしろ逆で、はためくユニオンジャックは、君主が不在であることを意味する。見るべきは、ライオンとユニコーンがあしらわれた、赤と黄色と青のロイヤルスタンダード（王室旗）のほうだ。さて、おそらく鋭い衒学者は、この最後の段落から別のポイントを見いだしたのではないだろうか。ということで、次は旗について取り上げよう……

10　「St James's」と、「s」がついていることに注意。「the Court of St James」と言うのは間違い。

ユニオンジャックは海上以外ではユニオンフラッグと呼ぶべき？

読者のみなさん。これこれ、これぞ、まさしく衒学者の大好物である。つまらぬ揚げ足取りをしたがる人（たいていは男性だ）を眠りから覚ますには、タウンホールにはためく国旗を指してユニオンジャックだと呼ぶより効果的なことはない。[11] そうすれば、すぐにこう正されるだろう。「調べればすぐにわかると思いますが、あれがユニオンジャックなのは海上の船ではためいているときだけです。建物に掲げられているときは、ユニオンフラッグと呼ぶんですよ」

ご親切にどうも。ということで調べてみたが、そんな事実は見つからなかった。第一に、イギリス国旗としてのユニオンジャックの歴史は単なる慣習にすぎない。法律でも、議会法

11　もしほかにあるとすれば、ウェストミンスターにある有名な塔をビッグ・ベンと呼ぶことくらいだろう。この小さな間違いが、多くの衒学者たちが信じているほど明らかな間違いとは言えない理由については、前著の『*Everything You Know About London Is Wrong*（あなたが知っているロンドンはすべて間違い）』（二〇一六年、未訳）を参照のこと。

でも、王の勅命でも、国旗というステータスやその名称が定められたことはない。よって、ユニオンジャックだろうと、ユニオンフラッグだろうと、ウィンストン・チャーチルの多色ハンカチだろうと、好きなように呼べばよく、それで役人と揉めることはない。

第二に、イギリス国旗に関する慈善団体を自称するフラッグ・インスティテュートは、ジャックとフラッグの区別は最近になって生まれたものだと指摘している。二〇世紀半ばまでは、この旗は、陸上であれ船上であれ、ほぼどこにあってもユニオンジャックと呼ばれていた。どのアーカイヴに当たってみても、政治家もエッセイストも編集者も、海かどうかに関係なくユニオンジャックと言っていることがわかるだろう。昔もいまも、ユニオンジャックはイギリス国旗の名称として定着しているのだ。

なんにせよ、無意味な区別である。なぜ旗が勇敢にも海に出たからといって、その名前を変えなければならないのか？　もちろん、船好きの人がなんでもかんでも代わりの用語を使いたがるのは知っている。右舷はスターボード、船尾はスターン、床はデッキ、意味はさておき、メインブレースをより継ぎする〔もともとは、メインヤード（中央の帆桁）のブレース（ヤードを動かして帆の向きを変えるためのロープ）をより継ぎすることを意味していたが、そこから転じて、帆船で難しい作業をしたあとに酒を飲んで祝うことを意味するようになった〕といったように。[12] そして「ジャック」は、船首――失礼、バウだった――に掲げる小さな旗を意味するのに使われる。しかし、国旗で大事なのは一般性だ。誰

12　おわかりのように、わたしはあまり船に乗らない。『*Everything You Know About Boats Is Wrong*（あなたが知っている船はすべて間違い）』はほかの誰かが書いたほうがよいだろう。

からも認知され、理解されなければならない。なぜ、名前をふたつにして混乱させるようなことをするのか？　それに、「ユニオンフラッグ」は名前としてお粗末すぎる。漠然とした総称にすぎず、ユニオン（連合）した領土グループなら、どこにでも使えてしまう。ユニオンジャックは唯一無二で、イギリスの象徴として国際的に認知されている。

次に、ユニオンジャックに関する最も重大な過ち、つまり、旗を上下逆さまに掲揚する、ということについて見ていこう。「重大な」と書いたが、これによってまた別の衒学者集団が怒りだすだけで、別にどうってことはないのだが。人々は、この手のことをやたらと気にするものだ。

一九五〇年、『バンベリー・ガーディアン』紙のある読者が激怒して、「聖ジョージの日を祝ってタウンホールに掲げられたユニオンジャックが上下逆さまにはためいているのに気づいて、げんなりしてしまった」と寄稿している。一九四二年には、映画館であるニュース映画を観た人が、「北アフリカのわれわれ戦勝軍がドイツ国旗を引きずり下ろし、ユニオンジャックと交換しているのを見て愕然とした。地面に置くのも許されないが、そのあと上下逆さまに掲げたのだ！」と『リヴァプール・エコー』紙に嘆き節を書いている。ほかにもたくさんの例が新聞のアーカイヴに残っている。編集者に投書するのが好きなタイプの人が好むテーマなのだ。ちなみに、わたしが見つけた二〇世紀半ばの例（かなりたくさんある）は、すべてユニオンフラッグではなくユニオンジャックと呼んでいる。ここでもまた、この衒学がいかに新しいものであるかがわかる。

念のために言っておくと、正しく掲揚されたユニオンジャックは、旗竿に取りつけられている側の上端に太い白線が来る。伝承によると、上下逆さまのユニオンジャックは遭難のシンボルだという。もしそうなら、助けを求めるのに、もはや賢明な手段だとはいえない。通りすがりの国旗マニアに気づいてもらえることを期待して、旗の向きを慎重に逆さにして掲げるよりも、追いつめられた表情で両腕を振り回したほうがはるかに手っ取り早い。

最後に――順序逆さまだが――、旗の起源について立ち返っておこう。ユニオンジャックは、連合王国の成立時に、イングランド、スコットランド、ウェールズ、アイルランドの国旗を統合するべくつくられた、というのが一般常識になっている。しかし、これはあまり正しくない。というより、おおいに間違っている。

連合王国そのものと同じように、この旗も少しずつ発展してきたものであり、その基本形はUKより前からあった。第一形は、一六〇六年、イングランド王国とスコットランド王国がジェームズ王（イングランドではジェームズ一世、スコットランドではジェームズ六世）のもと、ぎくしゃくした同盟関係を築いた直後に考案された。現在の旗は、イングランドのセント・ジョージ・クロス（聖ジョージの十字）、スコットランドの青の斜め十字、北アイルランドの赤の斜め十字を組みあわせたものだが、ウェールズの国旗を直接示すものは含まれていない。また奇妙なことに、スコットランド国旗の青と、ユニオンジャックの青は一致

していない。二〇〇三年以降、スコットランドの斜め十字はスカイブルー(Pantone 300)と決められている。一方のユニオンジャックの青は、もう少し深みのあるPantone 280だ。

ロイヤルファミリーはイングランドそのもの？

イギリスを簡潔に示す定型表現やステレオタイプは数あれど、ロイヤルファミリーはその頂点に君臨する。この国を訪れる人々は、ウィンザー家と彼らが生みだす華やかさに飽きることがない。バッキンガム宮殿やウィンザー城の衛兵交替式のような、ロイヤルファミリーがいっさい登場しない儀式にすら連日群がる大勢の観光客を見れば、このことはすぐにわかるだろう。観光客向けのギフトショップには、エリザベス女王の厚紙のフェイスマスクが充実の品ぞろえで常備されており、ウィリアムとケイト、ハリーとメーガンの土産用のマグカップや、ときにチャールズ皇太子〔二〇二二年よりチャールズ三世、ウィンザー朝第五代国王〕の埃をかぶった肖像画なども所狭しと並んでいる。ロイヤルファミリーほど、「イングランド」をわかりやすく象徴する存在はない。しかし面白いことに、ここ一〇〇〇年ほど、王位を継いでいるのはイングランド人の王朝ではない。

数世代にわたってイングランド人の血筋が続いた君主を探すには、ハロルド王の時代まで遡らなければならない。一〇六六年に殺され、最後のアングロ・サクソン人の王となったハロルドは、六世紀からイングランドを支配してきた(デンマークによる介入はあったが)ウェセックス家の末裔だった。言うまでもなく、アングロ・サクソン人はゲルマン系だが、ハロルドの時代になる頃には、四世紀かけてこの地に定住し、土着のイングランド人になっていた。同じことが、その後の王朝についても言えるわけではない。

ノルマンディー家(一〇六六~一一五四年)

フランス人。ウィリアム征服王とそのすぐあとの後継者たちは、フランス北西部のノルマンディーからやってきた。中世のほとんどで、フランス語の異形が宮廷の公用語として使われていた。

プランタジネット家(一一五四~一四八五年)

同じくフランス人。ル・マン(ヘンリー二世)、ボルドー(リチャード二世)、ルーアン(エドワード四世)と、フランス出身のイングランド王が多く、ガリア風味が続いた。プランタジネット朝の初期の王たちはフランスに広大すぎる領土を持っており、ほとんどの時間をそっちで過ごしていた。

テューダー家（一四八五～一六〇三年）

ウェールズ人。プランタジネット家とその傍系（ヨーク家とランカスター家）は、薔薇戦争に勝利したヘンリー七世が王位についたことで滅亡した。ヘンリー七世は、少なくとも父親の血筋で言えばウェールズ人だった。当時は誰も「テューダー家」とは呼んでいなかった。この言葉は、一八世紀に哲学者のデイヴィッド・ヒュームによってつくりだされたものだが、いまではすっかり定着している。

ステュアート家（一六〇三～一七一四年）

スコットランド人からのオランダ人。ステュアート朝の初代王ジェームズ一世は、既にスコットランドで王位についており、ジェームズ六世と呼ばれていた。のちにウィリアム三世が無能なジェームズ二世（スコットランド王としてはジェームズ七世）から王位を奪取した。彼はオランダ人で、オラニエ公ウィレムの名で通っていた。ジェームズ二世の娘であるメアリー二世と共同統治を行ったので、ステュアート家の支配はもう少しだけ続いた。

ハノーヴァー家（一七一四～一九〇一年）

ドイツ人。主にゲオルク（ジョージ）という名を持つこの一族は、アン女王の死後にドイツ北部のハノーヴァーからやってきた。初代のジョージ一世は、在位中のほとんどの期間、英語を話せなかった。ジョージという名の王が四代も続いた（うち二人はハノーヴァー生まれ）ことから、ジョージアン時代という通称ができたが、ヴィクトリア女王の即位によって最後となった。

サクス＝コバーグ＝ゴータ家（一九〇一～一九一七年）

ドイツ人。ヴィクトリア女王の逝去によってエドワード七世が王位につき、この最も外国風な響きの王朝時代（エドワード七世の父親の血統から名づけられた）となった。しかし、長くは続かなかった。同家はいまも安定して統治しつづけているが、一九一七年にこのゲルマン系の名前は改められた。理由はお察しのことと思う。

そして現在、おなじみのウィンザー家（一九一七～二〇六六年[13]）である。いまの王族は紛れもないイングランド人だが、近頃では、イングランド以外のあらゆる血筋も引いている。

13　ノルマン・コンクエストから一〇〇〇年で区切りをつけるために、ロイヤルファミリーは王位継承を廃止することとしている。次の国王または女王は、ホログラフィーを使ったテレビのリアリティ番組で選ばれる。番組内では、君主候補が石から剣を抜くチャレンジをしなければならないとか。ありえなくもない話だろう。

わたしの脚注はさておき、ウィンザー家はいつまでイギリス王位を独占しつづけるのだろうか？　そう長くはないかもしれない。過去二回の王朝交代――ステュアート朝からハノーヴァー朝、ハノーヴァー朝からサクス＝コバーグ＝ゴータ朝（ウィンザー朝）――は、女系（アン女王とヴィクトリア女王）が王位についたあとに起こっている。血統の男子優先により、次の君主が父親の王朝の称号を受け継ぎ、家名を改めるものとされていたからだ。もしもチャールズ皇太子が父系血統に忠誠を示すつもりなら、父親の王朝の一員として王位を継承するだろう。その場合、彼とその後継者たちは、シュレースヴィヒ＝ホルシュタイン＝ゾンダーブルク＝グリュックスブルク家として君臨することになる。

そうなる可能性は低い。近年、ロイヤルファミリーは、旧態依然とした王位継承ルールを緩和しつつある。二〇一三年以降、王位継承において、男子兄弟が女子姉妹よりも優先されることはなくなった。以前は違ったが（アン王女のように）、いまでは第一子の王女のほうが第四子の王子よりも王位継承順位が高い。チャールズ皇太子も、時代の流れに沿って、母親の名前を受け継ぐと考えられる。それに、四重姓のドイツ系の家名に変えたりすれば（グリュックスブルク家と略したとしても）、ブレグジット後のイギリスでは気まずいだろう。またグリュックスブルクの町は、ドイツとデンマークの国境近くのアンゲルン半島にある。約一五〇〇年前、アングル人の侵攻はそこから始まった。わたしたちは一巡したのだ。

『女王陛下万歳』はイングランドの国歌？

『女王陛下万歳』ほど、公式に確立されているように思われるものはない。国賓を迎える晩餐会からサッカーの国際試合まで、国家の重要な機会には、必ずこの単調で慇懃な賛歌が歌われる。これは連合王国（およびコモンウェルス加盟の数カ国）の国歌だが、イングランド、スコットランド、ウェールズ、北アイルランドそれぞれの国歌ではない。

そのせいで、おかしなことになっている。サッカーの大きな試合で、整列したスコットランド人は『スコットランドの花』を歌い、ウェールズ人は『我が父祖の土地』を歌う。いずれも公式の国歌ではないが、長い伝統によって定着している。それに対してイングランド人は、ほとんどの機会で横着してイギリス国歌を歌っている。

『女王陛下万歳』は一風変わった国歌だ。理由はいくつかある。まず、最もわかりやすいのは、君主の性別に合わせて定期的に歌詞を変えなければならないことだ。エリザベス女王がいまのプリンス・オブ・ウェールズにいよいよ王のバトンを渡すときが来たら〔本書刊行後の二〇二二年にエリザベス女王が逝去し、チャールズ三世が即位〕、第一節のじつに六分の一の歌詞[14]が置き換えられることになる。「Queen」が「King」に、「her」が「him」に変わるのだ。

旋律もイギリスだけのものではない。このメロディー——と呼んでもよいのなら——は、かつてプロイセン王国の国歌にも使われていたし、リヒテンシュタイン公国ではいまでも採用されている。一九九六年のUEFA欧州選手権の予選で北アイルランドとリヒテンシュタインが対戦したとき、この賛歌が二回繰り返して演奏された。アイスランド、スイス、ノルウェーにも派生の賛歌がある。アメリカの愛国歌の『マイ・カントリー・ティズ・オブ・ディー』もその一例だ。この昔ながらの旋律は、二〇一八年のジョン・マケイン上院議員の葬儀でも歌われたが、テレビで視聴していた英国人の多くが困惑して眉をひそめたに違いない。

これほど重要な曲でありながら、不思議なことに『女王陛下万歳』の決定版は存在しない。節の数と内容は、時代や領土や文脈によって変化してきた。こんにち、歌われるのはだいたい一節で、ときに二節の場合もある。六節すべてが歌われることはめったにない。この哀歌は進むにつれ、歌詞がどんどん過激になっていき、反乱を起こしたスコットランド人を打ちのめすという一行で締めくくられる。世界で唯一の、内戦を促す国歌であることは間違いな

14　これ以上の歌詞変更を伴ったロイヤルファミリーの死がたった一度だけある。一九九七年、エルトン・ジョンがダイアナ妃の葬儀のために自身の楽曲『キャンドル・イン・ザ・ウインド』を改作した際、最初の節の九〇パーセントの歌詞が変更された。

い。

新聞のコラムニストは、年に一度は国歌に疑問を呈している。まるで、そう契約によって義務づけられているかのようだ。彼らは、『女王陛下万歳』を捨てて、イングランドあるいはイギリス全体のための何か新しい別の国歌を選ぶべきだと主張する。やはりこの歌は、国の本来の姿と調和していないように思われるのだ。その理由は、反抗的なスコットランド人に対する暴力を呼びかけているからだけではない。煎じつめれば、この国歌は、女王（または王）を見守ってくださるよう全能の神にお願いするものである。しかし、二〇一七年のNatCen〔イギリスの社会調査研究センター〕の世論調査では、イギリスの成人の五三パーセントが無宗教だった。わたしたち（わたしもそのひとりだ）は、愛国心を示すのに、実在しないと思っているキャラクターにお願いしなければならないのだ。それから、自国のことは誇りにしているものの、君主制をあまりよく思っていない層もいる。イギリスの共和主義の動きは小規模ながら、無視できるものではない。世論調査によると、国民の一五〜二〇パーセントが、君主制が権威の座から尻をどかして、共和制に道を譲ることを望んでいるという。およそ一〇〇〇万人の国民にとって、「永く統べらんことを」という歌詞は、軽々しく口にしたいものではないのだ。ルーク・スカイウォーカーに『インペリアル・マーチ（ダース・ベイダーのテーマ）』を口ずさませるようなものだ。

問題は、国歌を何に変えるかだ。よく提案されるのは、とくにイングランドの賛歌として、スポーツイベントでしばしば使われている『エルサレム』だ。これにはふたつの欠点がある。賛美歌なので、いまの国歌と同じくらい神に焦点が当てられていることと、イングランドではない地名がタイトルになっていることだ。『ルール・ブリタニア！』[15]は条件にかなうかもしれない。『エルサレム』や『女王陛下万歳』よりもパンチが利いているし、宗教的な敬意もほんの少ししか含まれていない。イギリス国歌の代わりとしてはよいかもしれないが、イングランド国歌には不向きだろう。『希望と栄光の国』もよく候補に挙げられる。これまた神のオンパレードだが、大英帝国のさらなる拡大がメインテーマとなっている。こんにちの多様性社会ではタブーである。

いまいち、ぴったりくるものがない。これは朗報である。なぜなら、国歌にふさわしい完璧な曲がまだつくられていないということだからだ。新進気鋭の作曲家にとっては、国民の愛国心を奮起させつつも、好戦的ではない曲をつくるチャンスだ。超自然的存在やら、強力な支配者やら、軍隊による征服やら、スコットランド反乱軍の鎮圧やらには触れずに、自由、寛容、進歩の砦としてイングランドを描く曲を。欧州連合（EU）を離脱するいまこそ、二〇〇年前ではなく現代の社会を反映した、新しい国歌をつくるときだ。もしあなたに音楽の才能が少しでもあるのなら、いますぐこの本を置いて、作曲に取りかかってほしい（印税の一〇分の一を手数料としていただけるとありがたい）。

15 感嘆符に注意。しばしば誤って省略される。

すべてのイギリス国民に投票権がある？

既にほかで見たように、高位の王族が投票することは、法律によって禁じられているわけではない。政治的傾向を示さないように、古くからの慣習で投票しない選択をしているだけだ。だからといって、この国のすべての人に投票権があるということにはならない。まったくもって、そんなことはない。

まず、投票権のない最大グループは言うまでもない。二〇一一年の国勢調査のデータから推定すると、国民人口六六〇〇万人のうちの約一四〇〇万人が一八歳未満だ。人口の五分の一以上が、民主的なプロセスにおいて直接の発言権を持っていない。

次に多いのが、有罪判決を受けた囚人グループだ。刑事犯罪で服役している人は投票できない。二〇一八年のＵＫの囚人数は約八万四〇〇〇人にのぼる。約九〇〇〇人は外国籍なので、どっちにしろ投票できない。残るは約七万五〇〇〇人だ。実際のところ、このうちのごくわずかな人々は投票権を持っている。未決囚（裁判を待つ人）や、民事での囚人（養育費の未払いなど、刑法上の犯罪ではない違反で収容されている人）などが、これに該当する。また選挙慣行への干渉で有罪となった人は、五年のあいだ選挙人名簿から除名される。

ＵＫに住むほとんどの外国人は投票権を持たない。ただし例外がある。コモンウェルス諸国出身の居住者は、滞在許可があれば選挙人名簿に登録することができる。アイルランド国籍の人も、国家間の長年の関係（アイルランドはかつてＵＫの一部だった）のおかげで、選挙人名簿に登録できる。そのほかの欧州連合（ＥＵ）加盟国は、コモンウェルス加盟国でもあるキプロスとマルタを除いて、この特権を持たない。

最後に、貴族院の赤い革張りのベンチに座っている人々は、不完全な投票権に我慢しなければならない。約八〇〇人の貴族院議員は、地方選挙では投票できるが、総選挙では投票できない。彼らは既に議会に席があって、自ら発言することができるから、というのが論理的根拠になっている。自分たちの代わりに発言する誰か（庶民院の議員）を選ぶ必要はないというわけだ。

スコットランド紙幣はイングランドの法定通貨？

イングランドで流通しているほとんどの紙幣は、イングランド銀行によって印刷されている（もちろん工場があるのはウェールズだが）。ほとんどと言ったが、すべてではない。スコットランドの三行、北アイルランドの四行の、合計七行のリテール銀行も紙幣を印刷する権限を持っている。しかし、スコットランドの紙幣がイングランド人の手に渡ると、ちょっとしたパニックが起こったりする。「えっ、何これ？　法定通貨なの？　店で受け取ってもらえるの？」と。順に答えるなら、「スコットランドの紙幣ですよ」、「いいえ」、「たぶん」だ。もう少し詳しく説明する必要があるだろう。

誰になんと言われようと、スコットランドの紙幣はイングランドの法定通貨では**ない**。といっても、スコットランドの（あるいはどこの）法定通貨でもない。この思い違いは、「法定通貨」の専門的な定義と一般的な定義のずれによって生じている。一般的に「法定通貨」

とは、公的な現金のことを指す。しかし厳密に言えば、法定通貨かどうかが関係してくるのは、レストランで食事をしたあとの請求書や銀行ローンなど、債務の決済のときだけだ。もしあなたがどこかの店に立ち寄ってこの本を買ったとしたら、法定通貨かどうかは関係ない。ただ、この素晴らしい記念品と現金（あるいは現金と結びつけられた電子コード）を交換するだけだ。

しかし、レストランで会計を請求されるときは、あなたはその店に借金をしていることになる。食事代は、レストラン側が納得するのであれば、何で支払ってもいい。硬貨、紙幣、カード、小切手（覚えているだろうか？）、魔法の豆、皿洗いの申し出……きっとなんでも受けつけてくれるだろう。その一方で、レストランには、あなたが選んだ支払い方法を拒否する権利がある。たとえば、カード払いを受けつけない小さなカフェも、いまだに少なくない。だが、法定通貨を彼らが拒否することはできない。もっと正確に言えば、あなたが法定通貨で支払うと言ったなら、彼らはそれを拒否してあなたを不払いで訴えたりはできない。これがつまり、イングランド銀行の紙幣と硬貨ということだ。[16]

スコットランドの紙幣は違う。どんな状況・地域であっても——スコットランド国内であっても——、法定通貨の資格はない。ハイランド地方でハギスを食すにしても、ローランド地

16　実際にはもう少し複雑だ。少額の硬貨には制限がある。もしもリッツ・カールトンで五〇〇ポンドの精算となり、それを一ペニー硬貨で支払おうとしたなら、当然ながらホテル側はそんなばかげた支払いを拒否することができる。一ペニー硬貨と二ペンス硬貨が法定通貨となるのは、二〇ペンスまでである。

方でウイスキーをちょっと一杯ひっかけるにしても、スコットランド紙幣での支払いを断るレストラン経営者はいないだろうが、そうしたければ断ることは可能だ。イングランドでもスコットランド紙幣の立場は同じだが、なじみの薄さや無知、あるいはイングランド人がスコットランドのお金に対して一様に示す不安感から、拒否される可能性が高い。

先ほど述べたように、牛乳を一パイント買ったり、わたしの本をもう一冊買ったりといった日常的な商取引は、法定通貨のルールの対象にはならない。たとえイングランド銀行の紙幣を差しだしたとしても、店員はあなたの現金を拒否することができる（五〇ポンド紙幣でチューインガムを買おうとしてみてほしい）。「でもこれは法定通貨だから、受け取らなきゃいけないんですよ」と訴えても、それは単純に間違いである。

この誤解は、二〇一六年に、なんとも奇妙な事例を引き起こした。王立造幣局は、貨幣蒐集家に喜びをばらまく以外にこれといった理由もなく、ときどき一〇〇ポンド記念硬貨（そう、硬貨）を発行する。あるひとりの男性が、クレジットカードを使って、送料なし、額面どおりの価格で二九三枚の記念硬貨を購入した。彼の魂胆では、カードの還元ポイントを大量に獲得したあと、二万九三〇〇ポンドの硬貨は銀行口座に戻すつもりだった。この買い物によって、彼は正味のコストゼロで、香港までの往復チケット代になるほどの航空マイルを貯められるはずだった。この話の行き着く先がわかるだろうか？（ヒント：香港ではない）この記念硬貨は法定通貨として販売されていたが、彼はその言葉を誤解していた。銀行にはその硬貨を受け取る義務があると思っていたのだ。しかし、そんなことはなく、銀行は記念硬貨を受けつけなかった。彼の手元には、いまだに使いきれないほどの記念硬貨の山がある。

現金の話題のうちに、もうひとつ、あまり知られていない事実を紹介しておこう。エリザベス女王の肖像が紙幣に使われるようになったのは、実はけっこう最近のことである。硬貨にはいつも現君主の肖像が使われていたが、紙幣はそうではなかった。エリザベス女王が紙幣にも肖像を使う許可を出したのは、一九六一年[17]になってからで、それも当初は一〇シリング紙幣と一ポンド紙幣のみだった。一九六〇年代以前は、ブリタニア〔イギリスを擬人化した女神〕がすべてのイギリス紙幣の主役だった。ブリタニアは現在もそこにいるが、隅っこの小さな円窓の中に追いやられている。

17　イングランド銀行発行の紙幣の話。女王の肖像は、世界のほかのたくさんの通貨に既に使われていた。その最初は、カナダの二〇ドル紙幣で、女王がまだ八歳のときだった。

英国の伝統と特徴

さて、いよいよ、大量の紅茶や生ぬるいビールを飲むことから、やたらと天気を気にする性分まで、王道のステレオタイプを見ていこう。

PUNCH
& JUDY

『パンチ&ジュディ』はイングランドの古きよき伝統?

このドタバタの人形劇は、何世代にもわたって野外エンターテインメントの定番となってきた。その楽しさをまだ味わったことのない人のために、説明しておこう。小さなブースの中に隠れた人形遣いが、ブース上部の開口部から人形を出して劇を演じる。登場人物は定まっていないが、たいていは、鉤鼻の道化師(ミスター・パンチ)、長年虐げられている妻のジュディ、かわいそうな子ども、犬のトビー、ワニ。ときおり死刑執行人、警官、ソーセージなども登場する。

現在は子ども向けになっているが、もともとは大人の風刺劇として上演されていた。妻への暴力、児童虐待、動物への残忍行為、生肉の不適切な扱いなど、たいそうな作品である。この神経質な時代においても、おそらく害にはならないだろうが、「古きよき伝統」とは言えない。チャールズ・ディケンズの「何かしらの行動の動機として、あるいは何かしらの行為の手本として、誰ひとりとして見ることのない悪い冗談」という評価は、いまでも有効だと思う。

これはイギリスの作品でもない。『パンチ&ジュディ』の起源は一六世紀のイタリアにある。パンチは、もともとプルチネッラ（Pulcinella）〔イタリアの風刺劇、コンメディア・デッラルテに登場する道化師〕として知られていたが、それがパンチネロ（Punchinello）になり、それからパンチになった。イングランドでの初上演の記録は、政治家のサミュエル・ピープスによる。一六六二年五月九日付けの日記に、彼はロンドンのコヴェント・ガーデンでイタリアのマリオネット劇を観たと書いている。『パンチ&ジュディ』がイタリアとの関連を失って久しく、こんにちでは完全にイギリスの伝統だと思われている（少なくともこの国では）。海辺、村の祭り、子どもたちのパーティなどで、さまざまなバリエーションが見られる。コヴェント・ガーデンで上演されることはめったにないが、いまだに五月九日にはファンたちが集まってパンチの「誕生日」を祝っている。

『リング・ア・リング・オー・ローゼズ』は大疫病についての詩？

ばらのはなわをつくろうよ
ポケットに　はなたばさして
はっくしょん！　はっくしょん！
みんなでころぼう

多くの童謡がそうであるように、この有名な短い歌にも暗いニュアンスが含まれている。六歳かそこらのとき、学校で黒死病というものについて、そして自分が校庭で歌っている歌にはその疫病の不吉な響きがまとわりついているのだと聞かされたときのことを、いまでも覚えている。

意味はそのままのとおりである。「はなわ」は、黒死病患者の皮膚に現れる丸い腫れを表している。この病にかからないようにするために、人々はたくさんの花を持ち歩いて(「ポケットに　はなたばさして」)、病気の原因とされた悪臭を払おうとした。くしゃみは、明らかな症状だ。そして、みんな転がって死ぬ。どの行を取っても、人口の半数を死にいたらしめた恐ろしい病と重なる。これがつくり話とは思えない。

だが、やっぱりでたらめのようだ。この歌や踊りに関しては、一八五五年に『ブルックリン・イーグル』紙が、リング・オー・ローゼズと呼ばれる手をつないで輪になる遊びを紹介したのが最初のようで、それ以前の記録は見つかっていない。歌詞が初めて印刷されたのは一八六〇年代のことで、現代のものとはまったく異なっている。一八八〇年代まで、くしゃみが出てくるバージョンは出版されておらず、数あるバリエーションのうちのひとつにすぎなかった。何よりも、第二次世界大戦のあとまで、この歌を疫病の暗喩として解釈する人は誰ひとりとしていなかった。この結びつきがけっこう最近生まれたものらしいという事実は、『リング・ア・リング・オー・ローゼズ』が古い疫病の歌であるという説をみな死にいたらしめる。

英国はいつも雨が降っていて、人々の話題はそればかり？

英国の特徴と誤解を扱った本であるかぎり、どこかで必ず天気に触れなければならないだろう。英国人は、天気の話が本当に大好きだ。わたしたちの会話は、気象にまつわる慣用句にあふれている。雨のように正しい〔完璧、健康そのもの、という意味〕、晴天の友〔いざというときに頼りにならない人のこと〕、悪天候の下〔体調が悪いこと〕、雨の日に備えて蓄える〔万一に備えて蓄えること〕、わたしの雷を盗んだ〔手柄などを横取りされた、出し抜かれた、という意味〕、雨でも晴れでも〔どんなことがあっても、という意味〕、どんな雲にも銀の裏地がついている〔憂いの裏には必ず喜びがあるもの、という意味〕などなど……。

ランダムに選ばれたふたりの英国人を同じ部屋に入れた場合、最初の一分以内に天気の話題が出る確率は五〇パーセントくらいだろう。残りの五〇パーセントは、ふたりとも黙ったままである。はっきり言わせてもらうが、これは英国人が天気予報をやたらと気にするからではない。ちょっと気まずいし、相手のことも全然知らないし、というときに会話を始めるのに、いちばん実用的な方法というだけだ。大富豪から農家まで、誰だって天気の影響を受けているのだから。今朝は何を食べました？　トイレに行ってからどのくらい経ちました？ドナルド・トランプは好きですか？　など、ほかにも会話始めによさそうな共通の話題はあるものの、プライベートに踏み込みすぎだったり、挑戦的すぎたりする。「今朝はいい天気ですね」くらいが無難で害もない。

ＵＫは天気の話題に事欠かない。島国であるゆえに、湿気の恩恵を受けることもあれば、そのせいで嘆くこともある。メキシコ湾流の近くに位置するため、季節外れの暖かさや寒さに見舞われる。とはいえ、英国は、ほかの多くの国々で脅威となっているほどの極端な天候に悩まされることはほとんどない。問題なのは、予測不可能という点だ。どこからともなく雨が降りだしたり、急に冷え込んできてコートをはおってこなかったことを悔やんだり。これらはすべて、英国人が習慣としている世間話のよいネタになる。

とはいえ、英国がじめじめと湿気の多いみじめな国だというのは言いすぎだ。二〇一八年の夏、南東部の一部地域では、五〇日間ずっと一滴の雨も降らなかった。あのときは異常な干ばつだったが、ふだんから多くの人が思っているより乾燥しているのだ。たとえばロンドンは、ヨーロッパでもとりわけ乾燥している首都のひとつだ。年間の降水量平均値は五五七ミリ（二二インチ）で、パリ（六三一ミリ／二五インチ）、ダブリン（七五八ミリ／三〇インチ）、ローマ（七九九ミリ／三一・五インチ）、そしてびしょびしょのアムステルダム（八三八

ミリ／三三インチ）に比べて、明らかに傘の出番は少ない。国内にもっと降水量の多い地域もあるが、ほかのヨーロッパ諸国に比べれば、たいしたことはない。かわいそうなことに、モンテネグロのポドゴリツァなんて、年間で平均一六六一ミリ（六五・五インチ）もの雨が降る。

たしかに、英国の雨はそこまで激しくないものの、降水日数はほかより多いかもしれない。それに予測もしにくいかもしれない。けれど、英国の変わりやすく、可もなく不可もなく、でも結局のところ過ごしやすい天気こそが、わたしたちの国民性を築いたのだ。いまのままで充分である。

英国は紅茶好きの国？

戦時下の英国を表した定番のイメージに、それまで住んでいた自宅の瓦礫の上で紅茶を飲むロンドンの主婦というのがある。彼女の知る世界のすべてが、大空爆で破壊されてしまったのだ。その心を慰め、その身を保護してくれるのは、温かくて美味しい一杯の紅茶だ。

英国人は紅茶をたくさん飲む。これは本当だ。一七世紀半ばに伝来してきてからというもの、紅茶はこの国で高い人気を誇っている。何世代にもわたって、英国はこの茶色い飲みものと深く結びついてきた。そこそこのギフトショップをのぞいてみれば、チャールズ皇太子の似顔絵入りのティーポットや、赤い電話ボックスのミニチュア缶に入った茶葉などを見かけるはずだ。高級ホテルのアフタヌーンティーは、観光客にとっても地元の人々にとってもぜいたくなひとときだ（ただしハイティー人気の復活は、提供される紅茶もさることながら、Instagram の影響が大きいと言わざるをえない）。紅茶を賛美する英国人の言葉が何十と思い浮かぶだろう。わたしがいちばん好きなのは、一八世紀の作家ジェームズ・ボズウェルのこんな言葉だ。

「わたしは、その素晴らしさについて一本の論文を書けるほどに、紅茶が大好きだ。酒にあるような危険もなく、心を癒し、元気にしてくれる。やわらかな茶葉よ！　華々しいワインも紅茶の前にはひれ伏す。そのやさしい効能は、より安全に人々の喜びを引き起こす」

しかし、わたしたち英国人の紅茶を飲む量は、記録保持者であるトルコ人に遠く及ばない。二〇一六年に行われた国連の調査によると、トルコ国民の年間ひとり当たりの紅茶の摂取量は三・一六キログラム（約七ポンド）だった。第二位はアイルランドで二・一九キログラム（四と三／四ポンド）。イギリスは一・九四キログラム（四と一／四ポンド）で、第三位にとどまった。言い換えれば、イギリスで三杯の紅茶が飲まれるごとに、トルコ人は五杯飲んでいるということだ。

スコーンと同じように（一三八ページを参照のこと）、英国人は最高の一杯の淹れ方について議論するのが大好きだ。ある一派は、ミルクを先にカップに入れて、その上に煎じた紅茶を注ぐべしとしている。反対派からすると、このやり方は野暮らしい。まず紅茶を注いで、そのあとにミルクを入れるべきだそうだ。作家のジョージ・オーウェルの言葉を引用すれば、「実際、この問題については、おそらくイギリスのどの家庭にもふたつの流派があるだろう」。

このどちらも、ティーポットを使うことを前提としている。しかし、英国の紅茶のほとんどは、ポットの内側を決して見ることなく、マグカップで淹れられるという屈辱を強いられているのではないかと思う。ほんの二〇年前までは、ティーポットを使わないわたしを見た祖母が、まるでそんな発想はなかったとばかりに本気で困惑していたものだが、いまではそれがふつうになっている。

言わずもがな、英国ではティーには第二の意味がある。南部に住む人々はブレックファースト、ランチ、ディナー、ティーを食し、北部の人々はブレックファースト、ディナー、ティーを食す。わたしは、後者の分類が浸透しているミッドランズで育った。いまはロンドンに住んで二〇年になるが、いまだに「ティー」ではなく「ディナー」と言うのに、心の中で訂正しなければならない。

晩ごはんの呼び名の境目は地図で可視化できる。二〇一八年、市場調査会社のYouGovは、四万二〇〇〇人を対象に用語の好みについて世論調査を行った。その結果、ミッドランズで明確に分かれることが示され、それ以北のカウンティで「ディナー」と言うところはなく、以南で「ティー」と言うところはなかった。「サパー」と呼ぶ、面倒な人々も少数いる。この現象は、どうやら階級とは無関係のようだ。昼ごはんをランチと呼ぶべきか、ディナーと呼ぶべきかで、この国はさらに分断している。全国の子どもたちは、学校の給食をディナーレディからもらうことはあっても、ランチレディからもらうことはまずない。それなのに、大人になるにつれ、南部人は「ランチ」としか言えなくなる。正直、めちゃくちゃだ。

英国人は生ぬるくて気の抜けたビールが好き?

わたしはいま、ロンドンのクラパムにあるパブで飲んでいる。クラパムのごくふつうのパブだが、内省的なジャズと一九八〇年代の忘れられた往年のジャズを演奏する店として、評判を上げようとしている。鉄道駅のすぐ近くにあり、通りすがりの客にほとんどの売上を頼っているような、あまり特徴のないバーだ。しかし、二五口あるタップ〔ビールサーバーの注ぎ口〕のうち、二一口はケグ〔ステンレス製のビール樽〕とつながっている(微炭酸で、だいたいは冷えている)。つまり、ここのビールの八四パーセントは、ステレオタイプに当てはまっていない。

英国人が生ぬるくて気の抜けたビールが好きというのは、わたしたちが紅茶しか飲まないとか、食べるに値する料理がないとか、そういった定型句と同様に時代遅れな考え方だ。英国のビール事情は世界をリードしており、どんどんよくなってきている。こんにち、大都市のほぼすべてのパブで、伝統的な手動ポンプ式のカスク・エール(大きなポンプハンドルがついているもの）や、より炭酸の強いクラフト・ケグ・エール（小さめのタップのもの）など、豊富な種類が選べる。どちらのビールも、あなたがいる場所より数度低い温度のセラーから汲み上げられるのが一般的だ。それでもしエールが生ぬるいなら、どこかが故障しているということだ。

パブでは、どのようにドリンクを注文すればよいのか？　酒好きの英国人からしてみれば、その手順は呼吸するのと同じくらい本能的なものだ。しかし観光客だと、パブのシステムはわかりにくくて怖いと感じることもあるかもしれない。ガイドブックには、こんなことは当たり前だろうと、取り上げられないのがふつうだ。しかし、これはわたしの信条なのだが、飲酒できる年齢なら一杯の調達方法を知っておくべきだと思う。以下は、こうしてはいけないという例だ。

1．パブに入る。
2．入り口に立って、席に案内されるのを待つ。
3．店員はもちろん忙しいので、あきらめて自分で席を探す。
4．座って、店員と目を合わせようとする。
5．ベルリンだったらこんなことはありえないと愚痴をこぼす。
6．文句を言いにバーカウンターへ向かう。

7．誰か注文を取りに来ないのかと訊いて、バーテンダーを困惑させる。
8．さらに誤解を重ねたあと、ようやくドリンクを手に入れる。
9．あとでまとめて勘定するものと思って、支払いせずに席に戻る。

コヴェント・ガーデンやグリニッジなどの観光地をぶらぶらしていると、このような失敗を何度も目にする。念のため、自然な流れは次のとおりである。

1．パブに入る。
2．われこそチャンピオンといった感じで、バーカウンターまで進む。
3．好きなドリンクを注文する。
4．バーテンダーがドリンクを注ぐのを待つ。
5．支払う。
6．席につく。

とてもシンプルだが、テーブルサービスに慣れている多くの外国人観光客はどこかなじめない。最近の英国のパブでは、テーブルに注文を取りに来るところもあるが、ごく稀で、そうした店でも、ほとんどの注文はバーカウンターで受けている。

英国人は行列が大好きというイメージがあるにもかかわらず、きちんとした順番待ちシステムのあるパブをオープンした人はいまだにいない。単純に不自然だからだ。混雑しているパブでは、客はどんな隙間にでも入り込んで、バーテンダーの視線をとらえなければならない。たいていの場合は、カードや一〇ポンド札を握りしめた手をバーカウンターに置く。絶対にその手を振ったりしてはいけない。練習と経験を重ねて初めて、ほどよい自己主張ができるようになる。自己主張が強すぎてもいけないし、弱すぎてもいけない。

順番どおりにドリンクが出てこないことはよくある。そんなときにイライラを正しく示すには、小声でぶつぶつ言うか、ため息をつこう。あなたの代わりにドリンクを受け取った人だけに聞こえるように。しかし、彼らが反応する必要を感じるほど大きな音量であってはならない。順番を飛ばされた客は、しばしば現金やカードを反対の手に持ち替える。あたかも握る手を間違ったせいで、バーテンダーの判断が鈍ったのではないかといわんばかりに。

海外からの観光客は、足元にあるものにも驚くかもしれない。英国の伝統的なパブは、しょっちゅうドリンクがこぼれるにもかかわらず、いまだにカーペット敷きのところが多い。パブのぐっしょりと湿ったカーペットのにおいが外の通りまで漂ってくることがあるが、それもまた魅力のひとつだ。パブチェーン店のJDウェザースプーンは、さらに先を行っている。すべての店舗に、その土地の歴史や名所などを示す個々の柄が入ったカーペットが敷かれているのだ。わたしは、そのひとつひとつを写真におさめることを人生の目標にしている。

理由はないが、人は趣味を持っていたほうがいい。乾杯！

英国人はみな美味しいスコーンが好き？

スコーンは、天気についてもう議論しつくしてしまった英国人に、それに代わる議題を与えるために生みだされた。スコーンとは、分厚くてほろほろと崩れやすいビスケットに、ジャムとクリームを塗っただけのものだ。アレンジはほぼ許されない。たとえば、チョコレートを塗り重ねたり、粉砂糖をまぶしたりしたものは、もはやスコーンとは呼べない。そのようなまねは反逆行為である。この融通の利かなさが、人々が揉める原因になっているのだろう。

スコーンの議論でまず紛糾するのは（ジャムについては協議ずみとして）、その発音の仕方だ。代替案を出しあうことが国民の娯楽となっている。「phone」と韻を踏んで「skone」とすべきか、「John」と韻を踏んで「skonn」とすべきか？　南部人は前者を、北部人は後者を好む傾向にあるが、この法則は決して普遍的とは言えず、もちろん階級による好みの差もある。市場調査会社のYouGovのデータをもとに、その境界を実際に地図化した人がいる。

ノース・ヨークシャー、ランカシャー、北ウェールズを横断するラインより北部では、「John」の発音が圧倒的に勝っている。しかし、南部やミッドランズの状況はもう少し曖昧だ。これらの地域の多くで、「phone」の発音の支持率は五〇～七〇パーセントしかない。この発音がほぼ共通で使われているのは、ロンドンエリア、エセックス、ダービーシャーの一部（おそらくデヴォンシャー公爵の立派なティールームを中心とした地域だろう）だけだ。もちろん、どちらの発音が「正しい」というものではないが、だからといってスコーンが出されるたびに激しい論争になることは避けられない。唯一、「skoon」と発音するのは明らかな間違いだ。この読み方をするのは、スコットランドのスクーンという村と、その地に伝わる有名な戴冠式の石（スクーンの石）のみである。

発音は本題に入る前の余興にすぎない。スコーンを食べる人はみな、その至宝の菓子を頬張る前に、重大な一手を打たなければならない。ジャムのスプーンに手を伸ばすべきか？それともクリームのスプーンか？その判断が、あなたが正しい考えを持つ人間か、それとも愚かな野蛮人かを明らかにする。[18] 向かいの席に座っている人にとって、という話だが。

この戦いの最前線は、クリームチームの本拠地であるデヴォンとコーンウォールの隣接す

18 この板ばさみに匹敵するのは、トイレットペーパー大論争くらいだろう。新しい紙が上から引きだされるようにトイレットペーパーをセットするべきか？ それとも下から引きだされるようにセットするべきか？ Twitter（二〇二三年よりXに名称変更）では、この問題について、自社サーバの電力を充分にまかなえるほどの熱量のこもった言葉が日々つぶやかれているようだ。

るカウンティのあいだに引かれる。デヴォンでは誇らしげにクリームを塗ってからジャムをのせるが、コーンウォールは反対だ。どちらの伝統に則るべきかと、国中で人々がテーブルをはさんで言い争いをしている。二〇一八年の初めに、王室の元シェフによって、エリザベス女王の好みがコーンウォール式であることが明らかにされた。イギリスの伝統の最高の模範である女王が、ジャム（バルモラル城の自家製ジャム）が先だと言うのなら、これで議論はおしまいかと思われる。ただし、あなたが共和主義者であるなら振り出しに戻る。提案なのだが、ふたつの材料を一緒に泡立ててピンク色のフォンデュにしてから、スコーンにのせるのではだめだろうか？

英国の人々は、猫も杓子もみなスコーンを食べたくてしかたないと思っているのだろうか？　そう見えなくもない。年配者たちは、古きよき時代をなつかしみながらスコーンを食べる。若い世代は、逆にいまっぽいという感覚で、Instagram を意識しながらスコーンを食べる。誕生日に高級ホテルの「紅茶とスコーン体験」をプレゼントしてもらったから、という理由で食べる人もいる。誰もが好んでスコーンを食べている。

そんなことはない。これから、わたしはとても不愉快なことを言う。英国人作家の誰ひとりとして、これまで活字にしたことがないであろうことを。つまり単純にこういうことである。

わたしはスコーンが好きではない。

わたしはヴィーガンではないし、乳糖不耐症でもない。経済的・倫理的な問題でスコーンを食べられないわけでもない。体重を気にしているわけでもなく、糖分を摂取するためにジャンクなスイーツをがつがつ食べている。しかし、スコーンを食べようとは思わない。

つまり、みんなはスコーンのどこがいいのだろう？　下のビスケットみたいな部分は、ミイラの手のひら以上にパサパサに乾いている。そもそも、おしゃれにした小麦粉でしかない。ジャムは食感を奪われたフルーツで、クリームはラードの高級な親戚だ。これら三つの主な材料のどれにもわたしの心はときめかないし、三つ合わせたところで、それぞれのよさが引き立つわけでもない。ひと皿のスコーンよりも、一枚のバーボン・ビスケット〔ダークチョコレート風味のビスケットにチョコバタークリームをはさんだビスケット〕のほうが、よっぽどうれしい。どう塗りたくろうが、どう発音しようが関係ない。わたしはスコーンが大嫌いだ。スコーンよ、わたしの屁でも喰らえ。その風とともに去るがいい。

失礼。このセクションがくだらない個人的暴言になってしまったことをお詫びする。とはいえ、こういうことは言っていくべきだと思う。あまりにも長いあいだ、もの言わぬ少数派の人たちは、心の中でスコーンを疑問視し、誰もがフラップジャック〔オーツ麦、バター、砂糖、ゴールデン・シロップをオーブンで焼いて四角くカットしたお菓子〕やチョコファッジケーキよりもスコーンのほうが好きだなんておかしいと思ってきた。しかし、鼻で笑われるのが怖くて、あえて口にしてこなかったのだ。だが、もう終わりにしよう。スコーンを好きじゃない英国人がいたっていい。このスローガンを国中に響かせようじゃないか。

もちろん、それではだめだと納得させるために、わたしに高級ホテルの豪華なスコーン体験をご馳走したいという読者の方がおられるなら、いつでも申し出をお受けする。

英国人はみな朝にフル・イングリッシュ・ブレックファーストをがっつり食べている？

卵、ベーコン、豆、ソーセージ、マッシュルーム、トースト。これぞ英国の偉大さの土台にあるものだ。フル・イングリッシュ・ブレックファースト（フライアップ）は、油まみれの小さな食堂から超高級ホテルまで、どこの店のメニューにも載っていて、英国の生活様式に深く浸透している。しかし、これを食べている人をわたしは誰ひとりとして知らない。

少なくとも、ふだんには。朝っぱらから、異なる材料を六つも七つも焼く時間がある人がどこにいる？　仕事や幼い子どもを持つ人に、そんな余裕はないだろう。それに、脂肪とコレステロールはよくないと警告されて、もう何十年も経つ。それでもなお、卵やベーコンやソーセージを毎朝食べようと思う人がいるだろうか？　二〇一七年の調査[19]によると、国民

19　この調査はオートミール粥の製造メーカーが実施したものなので、どちらにしても、ひとつまみの塩を加えて考え

の約半数がふだん朝食を完全に抜いているそうだ。この数字が正しいかどうかは定かではないが、トースト以上の意欲的な料理に時間をかける人がごく少数派なのはたしかだろう。フル・イングリッシュ・ブレックファーストは、ホテルで食べるか、あるいは大切な人のご機嫌を取りたい週末などに、たまにふるまうくらいのものなのだ。

フル・イングリッシュ・ブレックファーストは、いつどこで生みだされたのだろうか？こんにち、わたしたちが享受しているこの脂っこい料理は、時代とともに少しずつ進化してきた。ヴィクトリア朝時代には、裕福な人たちだけが焼いた朝食を楽しんでいた。低賃金の人たちが朝にベーコンと卵を食べるようになったのは、二〇世紀に入ってからだ。一九五〇年代までに、いま知られているような伝統的なフル・イングリッシュ・ブレックファーストがほぼ定着するようになった。

る必要があるだろう。また同じ調査で、朝食を抜く理由について「ブレグジットやアメリカ合衆国選挙の結果が不安で食欲が減退したから」と回答した人が三パーセントいた。

イングランドの素晴らしい動植物

さほど広くない国土に、これほど多様な環境があるイングランドは、野生生物愛好家にとって最高の国である。しかし、わたしたちが大切にしている動植物の多くが外来生物であることを知ったら、きっとあなたは驚くかもしれない。

ダマジカ

薄茶色の体に斑点があり、下顎から四肢にかけての内側が白色のダマジカは、おそらくイギリスで最もよく見かけるシカだろう。この種は、一般的に私有地や大きな公園で飼育されている。野生個体群も、イングランドの南半分を中心に広く生息している。ダマジカは、狩猟の

ためにノルマン人によって移入されたが、それ以前にもローマ人によってわずかに持ち込まれていたようだ。実際のところ、イギリスにいる一般的な六種のシカのうち、真に在来種なのは二種（ノロジカとアカシカ）だけだ。最も新しく入ってきたのはキョンで、二〇世紀初めに私有の公園から逃げだして、いまでは広い範囲に生息している。

トウブハイイロリス

イングランドで最もよく見かける野生哺乳類に違いない。この厄介者はいたるところに生息している。大きな公園に行けば、充分に人馴れした個体があなたの脚によじのぼってくるだろう。本当にどこにでもいるが、トウブハイイロリスがアメリカからUKにやってきたのは、二〇世紀初めになってからだ。この種によって在来種のキタリスがほぼ駆逐されてしまったので、多くの英国人が歯を軋らせて憤怒している。

セイヨウトチノキ

中世イングランドの子どもたちは哀れだ。黒死病、腸チフス、赤痢、天然痘など、数えきれないほどの病気で命を落とすリスクが高かっただけでなく、コンカーズ〔トチの実を使ったイギリスの伝統ゲーム〕をして遊ぶこともできなかったのだから。トルコからセイヨウトチノキが入ってきたのは、シェイクスピアの時代になってからだ。ほかにも、ヨーロッパブナ、イトスギ、カラマツ、モミジバスズカケノキ、セイヨウスモモ、そしてどこにでもあるセイヨウカジカエデなど、いまでは一般的になっている海外原産の木は多い。イングランドを代表するリンゴの木すら、はるか昔に中央アジアから渡ってきたものだ。

ハツカネズミ

小さくてかわいいのに、まったく人気のないこの哺乳類は、有史以来ずっとわたしたちのそばにいるが、それ以前のブリトン人にはなじみがなかったようだ。ハツカネズミがヨーロッパ大陸からイングランドの海岸にやってきたのは、鉄器時代のどこかのタイミング、おそらく紀元前八〇〇年頃だと考えられる。

ワカケホンセイインコ

派手な緑色にローズ色の環状模様があるワカケホンセイインコは、こんにちイングランド南東部ではなじみ深い鳥だが、北部から来た人はその光景にびっくりするかもしれない。ケンジントン・ガーデンズでリンゴを見せびらかせば、たちまちこの鳥たちに取り囲まれる（わたしの実体験の動画がネットにアップされて、たくさんシェアされている）。この鳥はもちろん外来種だが、いまではロンドンエリアで七番めに多い種となっている。

キジ

地方をドライブしていると、このカラフルな鳥をよく見かける（できれば、フロントガラス越しに対面するのは勘弁したい）。キジは、アジア原産ではあるものの、狩猟鳥として世界中で重宝され、少なくとも一一世紀から貴族たちの食卓を飾ってきた。とはいえ、ハロルド王が狩っていたキジは、現在のキジとはかなり異なる姿をしていたはずだ。こんにちの緑色の頭をしたキジは、一九世紀になってから飼育されるようになったと考えられている。田舎にたくさん生息するようになったのも、この頃からだ。

ウサギ

『ウォーターシップ・ダウンのウサギたち』、『ピーターラビット』、『不思議の国のアリス』のウサギ穴への旅、クレイアニメーション映画『ウォレスとグルミット 野菜畑で大ピンチ！』の巨大ウサギとの対決……。イングランドの児童向けフィクション作品に、これほど大きな爪痕を残してきた生物はほとんどいない。しかし、ウサギはイギリス原産ではない。およそ二〇〇〇年前にローマ人によって持ち込まれたが、野生個体群は形成されなかったようだ。一二世紀から一三世紀にかけて、ふたたびウサギのコロニーの管理が行われたが、やはり現代ほどの繁殖力は発揮されなかった。イングランド中の田園地方でたくさんのウサギが見られるようになったのは、一九世紀以降のことである。

ネズミ

イングランドには、クマネズミとドブネズミの二種のネズミが生息している。どちらも完全な在来種ではなく、アジアを起源とし、ヨーロッパの港に密航者としてやってきた。クマネズミが最初にこの地にやってきたのは、ローマ帝国の侵攻後すぐのことだった。この外来のネズミは、のちの一三四八年と一六六五年に、二度にわたって疫病の大流行をもたらした。一方のドブネズミがイングランドの記録に登場するのは、一七二〇年以降のことだ。ドブネズミはとてもうまく立ち回り、ほぼ全域でクマネズミ以外のすべてのネズミを駆逐した。

セイヨウイラクサ

暖を取るために、あなたなら自分の体をイラクサでぴしゃぴしゃと叩こうと思うだろうか？　イングランド北部の寒い冬に直面したローマ人兵士たちは、そんな気晴らしに夢中になったという。とはいえ、彼らはイングランド原産のイラクサを用いたわけではない。こんにち嫌われまくりのセイヨウイラクサは、当時この島には自生していなかった。ローマ人たちがタネを持ち込んで、食用、治療薬、そして丈夫な鞭として栽培したのだ。次に誰かが「ローマ人がわたしたちに何をしたというのだ」と熱弁を振るいだしたら、この不快な雑草のことを思い出させてやってほしい。

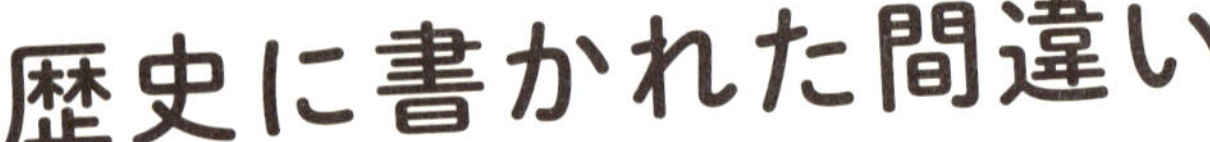

歴史に書かれた間違い

ヘンリー八世には本当は何人の妻がいたのだろう？
そして、彼はヘンリー九世のはずだった？

VOTES FOR WOMEN
N.W.S.P.U

アングロ・サクソン人の最後の王ハロルドはヘイスティングズで戦死した？

イングランドの子どもたちは、小学校で必ずヘイスティングズの戦いの物語について習う。勇敢なハロルド王は、北部でノルウェー人の侵攻を鎮圧したあと、今度はノルマンディー公ギョームの軍勢を阻止すべく南海岸へと急行した。ヘイスティングズでの決戦のさなか、ハロルド王は目に矢を受けて致命傷を負ってしまう。ハロルド王の死によって、アングロ・サクソン人が統治する時代は終わり、すぐさまノルマンディー公ギョームがウィリアム一世としてイングランド王に即位した。

以上のほとんどは、細かい点で正しくない。まず、イングランド史上最も有名な一〇六六年の大きな戦いは、ヘイスティングズで行われたわけではない。それがどこだったかは、ヘイスティングズの海岸から約九キロメートル（五・五マイル）離れたところに立つバトル修道院がはっきりと示している。ノルマンディー公ギョームが、イングランド王を討ち取ったまさにその場所にこの修道院を建てさせたのだ。このことは、戦いからわずか二〇年後に書かれたウィリアム王の追悼文にも記されている。

ハロルド王の死に方についても真偽が問われている。目を矢で射抜かれたという話は、戦いのあった当時の文献では裏づけられていない。ほとんどの記述には、王が殺されたとしか書かれておらず、詳細に欠けている。唯一の例外として、戦いからおそらく一年以内に書かれたとされる『Carmen de Hastingae Proelio（ヘイスティングズの戦いの詩）』と呼ばれるものがある。この詩には、ファミリー向けの本に引用するのが憚られるほど血みどろに切り刻まれた王の死にざまが、生々しく描写されている。ハロルドの遺体の有用な部分は別のところへ運ばれたが、そこに両目は含まれていなかった、と言えば充分だろう。

矢によって戦死したという言及は、戦いから四〇年後に書かれたテクストの中に初めて現れる。まだ人々の記憶に残っていた頃だが、正確ではない可能性もある。一二世紀に書かれたほかのいくつかの記述から、詳細が織り込まれるようになり、その言い伝えが何世代にもわたって受け継がれてきた。しかし、最も有力な証拠といえば、バイユーのタペストリー[20]である。この有名な刺繡画には、顔に刺さった矢を握りしめるハロルド王の姿が描かれてい

20　厳密には、これはタペストリーでもなければ、バイユーでつくられたものでもない。詳しくは、『*Everything You Know About Art Is Wrong*（あなたが知っているアートはすべて間違い）』（二〇一八年、未訳）を参照のこと。

る。添えられた題辞には、「ハロルド王ここに死す」と書かれている。この一連の根拠を覆すことは無理そうだ。しかし、そんなことはない。まず、矢を持った人物がハロルド王ではない可能性がある。王の名前が上に記されているが、タペストリーの別の箇所でも名前と人物が必ずしも一致しているわけではない。ハロルド王は、その右側で、刺されてノルマン軍の馬に踏みつけられている哀れな人物かもしれない。次に、この矢は一九世紀に追加されたものであることがわかっている。それより以前は、この人物は槍の柄を頭上に掲げていた。目を矢で射抜かれたという説も充分にありうるが、いまあるのは、せいぜい状況証拠にすぎない。

歴史には、ハロルド王の治世が短命に終わったあと、すぐさま簒奪者のノルマンディー公ギョーム（ウィリアム征服王、またはウィリアム一世、または、どうしても呼びたければ、ウィリアムのクソ野郎とも）が王位についたと記録されている。イングランド史において、重大な転機となった瞬間だった。古きウェセックス家が倒され、それとともにアングロ・サクソン人時代そのものが終焉を迎えたのだ。この国はもう元には戻れない。

言うまでもないが、人間のやることはすべて、そんな歯切れのよいものではない。農場でせっせと働き、牛糞まみれになっているような国民の大半の生活は、その後もたいして変わることなく続いたはずだ。たしかに、領主はフランス系の名前になり、フランス独特の慣習をひけらかすようになったかもしれない。しかし、それでも畑は耕す必要があり、リンゴは収穫しなければならない。一杯のエールだってつくらなければ飲めない。古い生活様式も言葉も、がらりと変わったわけではなかった。『アングロサクソン年代記』——九世紀にアルフレッド大王によって編纂が始められた、重要なできごとをまとめた年報——でさえ、ノルマン・コンクエストの一〇〇年後までつくられつづけた。わたしたちは、一〇六六年を振返って、歴史の転換点だったと考える。権力の再割当という意味では、たしかにそうだ。しかし、庶民たちにとっては、いつもどおりのことだった。ウィリアムの統治は、ほかの侵略者を含め、わずか五二年間でこの国が経験した一〇番めの治世だったのだから。

また、ハロルド王を討ったからといって、ウィリアムが自動的に王位を得たわけでもなかった。ヘイスティングズの戦いのあと、生き残ったイングランドの有力者たちは、密かに集結して新しい王を選出した。エドマンド剛勇王の孫エドガー・アシリングだ。当時わずか一五歳前後だったエドガーは、外国の侵略者から王国を救う、それまでいそうでいなかった若き覇者として現れて、ティーン向けフィクション作品の何千という英雄のテンプレートになっていた可能性もある。しかし、そううまくはいかなかった。エドガーの助言者たちは数週間のうちにウィリアム側に寝返り、エドガー自身もその年の終わりには征服者にひざまずいていた。意外にも、エドガーは老年まで生きながらえ、たびたびノルマン人を悩ませたが、その痛手はちくっと刺さる棘くらいのものだった。

ハロルド王の埋葬地も謎に包まれている。エセックスのウォルサムアビーに行けば（素晴らしい郷土資料館があるので、ぜひ訪れてみてほしい)、候補地のひとつを確認することができる。かつての修道院の敷地内にある苔に覆われた石が、埋葬されたとされる場所を示している。この土地を所有していたハロルド王は、戦死する六年前にその教会を建て直した。ヘイスティングズ近郊での戦いに向かう長い行軍の途中で、彼はここに立ち寄って祈りを捧げている。ハロルド王がウォルサムアビーに埋葬されたという記述は、彼の死後ほどなくして書かれるようになったが、どれも信憑性は低い。チチェスター近郊のボシャムに埋葬されたという説もある。ハロルド王はその近くの生まれであり、戦いのあった年に記述されたものの中に、海岸近くに埋葬されたといった内容が見られる。しかし、これも決定的な事実とは言えない。証拠がない中で、たくさんの説が主張されている。一部では、ハロルド王は戦いを生き延びて、密かに亡命生活を送ったとも言われている。「どうせわかりっこない」と、否定的な言葉で締めくくりたいところだが、リチャード三世のような例もある。

二指の敬礼はアジャンクールの戦いに由来する？

アジャンクールの戦いは、トラファルガーの海戦、ワーテルローの戦い、バトル・オブ・ブリテン、一九六六年のＦＩＦＡワールドカップ決勝戦と並んで、わが国最大の勝利のひとつにしばしば数えられる。戦いは、一四一五年一〇月二五日、フランスのカレーの南で行われた。イングランド軍とウェールズ軍は、フランス軍に数で劣っていたものの、ロングボウという有利な武器を持っていた。

フランス軍はこの長距離武器に恐れ慄いた。自分たちの不安な気持ちを敵にぶつけ返すために、彼らはおぞましい脅し文句を口にした。とらえたイングランド軍の弓兵の人差し指と中指を切り落として、二度と弓を引けなくしてやる、と。だが反対に、フランスの騎兵隊は弓矢に引き裂かれ、戦利品として指を奪う機会はついぞめぐってこなかった。勝利したイングランド軍は、フランス軍を皮肉って、人差し指と中指を立てて敬礼したという。このジェスチャーは、UKやコモンウェルスの一部の国で、反抗のシンボルとしていまでもよく使われている。

これは、もっともらしく陰惨に説明されているものの、史料にほとんど基づいていない、都合のよい物語にすぎない。通常、とらえられた兵士に与えられた罰は、切断ではなく死だった（身代金を払って解放されることもあったが、平民の弓兵にはほぼありえなかった）。戦いに参加していたブルゴーニュ人のある作家が、指の切断のことと思われるような記述を書き残している。この脅しはイングランド王のヘンリー五世の演説の中に出てきたとしているが、ブルゴーニュ人の彼がそれを聞けたはずがない。イングランド軍が恐れをなしたフランス軍に向かって二本指のジェスチャーをしたという記述は、戦いのどの記録にもない。実際にあったできごとの可能性もあるが、中世史の多くがそうであるように、これも文書で確認できる事実ではなく、噂や伝聞の域を出ない。実のところ、この伝説が書き記されるようになったのは二〇世紀以降のことである。つまり、最近になってつくられた逸話の可能性が高いということだ。

アジャンクールの戦いとの関連を戯言だと一笑にふすことのできない一部の人たちは、この説をさらに限界まで引き延ばそうとしてきた。Fワードをやわらげた「プラック・ユー(pluck you)」という侮辱表現も、この戦いに由来があるとされている。弓兵はイチイ材（yew）でできたロングボウを使っていたので、フランス軍に向かって矢を放つときは「プラック・

ユー（pluck yew／イチイを引く）」するからだ。中指を立てることを意味する「フリッピング・ザ・バード（flipping the bird）」という表現も、この戦いと結びつけられてきた。ここでの鳥（bird）とは、イングランド軍の弓矢の羽を指しているというのだ。

実際のところ、二指の敬礼の由来について知っている人は誰もいない。その使用が初めて記録されたのは、ようやく二〇世紀に入ってからだ。何世代も前から使われていたものの、記録に残すほどのことでもないと考えられていた可能性もなくはない。アジャンクールの戦いよりはるか昔の古代ギリシャ時代に最初の記録が出てくる、中指を立てるジェスチャーの変形バージョンとして使われはじめた、という可能性もある。

ヘンリー八世には六人の妻がいた？

道ゆく人に声をかけて、イングランドの歴史から事実をひとつ挙げてもらうとする。約五〇パーセントの人が、ヘンリー八世には六人の妻がいたと答えるだろう（残りの半数は、目をそらして足早に去っていくはずだ）。誰もが知っている、これ以上にない事実だ。だが、厳密には間違っている。

この恰幅のよい王は、誓いの言葉を六回述べた。ここまでは本当だ。王妃となったのは、雑学ファンなら知ってのとおり、キャサリン・オブ・アラゴン、アン・ブーリン、ジェーン・シーモア、アン・オブ・クレーヴズ[21]、キャサリン・ハワード、キャサリン・パーだ。しかし、ここからが重要なのだが……そのうちの三人の結婚は正式にはなかったことになっている。離婚、処刑、死亡。離婚、処刑、生存。ヘンリー八世の妻たちの運命は、そうやって覚えるのが主流だ。しかし、「離婚」という言葉は正確とはいえない。アラゴン、ブーリン、クレー

21 処刑台を匂わせる名前とは裏腹に、クレーヴズは六人の妻の中で誰よりも長生きだった。前夫のヘンリー八世よりも一〇年長く生きた。

ヴズとの結婚は無効とされた。つまり、まるで結婚式など挙げていないかのように、それぞれの結婚はなかったことにされたのだ。よって法的には、この巨体の王には三人の妻しかいなかった。

ヘンリー八世が何度も結婚を繰り返すようになったのは、晩年になってからだ。キャサリン・オブ・アラゴンとの最初の結婚は、びっくりするほど長続きした。ふたりは、なんと二四年間も連れ添った。こんにちの離婚するまでの結婚生活の平均期間は一一・七年なので、ヘンリー八世は現代の基準に比べて二倍も誠実だったことになる。反対に、ほかの五人の妻との結婚生活は一〇年に満たなかった。アン・オブ・クレーヴズが王のそばで過ごしたのは半年と三日だけだったが、面白いことに、クレーヴズは王が亡くなるまで友人でありつづけた。

イングランドで王になったヘンリーは八人？

ヘンリーとエドワードは、イングランド（あるいはイギリス）の君主によくつけられる名前の同率一位に並んでいる。それぞれ、ヘンリー八世が一五四七年まで、エドワード八世が一九三六年までと、いままでに八人ずつの王が即位してきた。しかし、チーム・ヘンリーには、中世の忘れ去られたヘンリー王という、とっておきの切り札が存在する。

若ヘンリー王（一一五五～八三）はヘンリー二世の次男だったが、一一五六年に兄が死去したことで王位継承者になった。幼いヘンリーは、異例にも父親の存命中に共同君主としてイングランド王に即位した。このようなことはフランスではよくある慣習だった。戴冠式は、一一七〇年、ヘンリーがまだ一五歳のときに行われた。早熟な野心家だったヘンリー少年は、わずか五歳のときにフランスの王女（二歳）と結婚した。ふたりは、一一八三年にヘンリーが赤痢で死去するまで、一三年間にわたってイングランドの王と女王の称号を保持した。

このように、イングランドでは九人のヘンリーが王になっているが、若ヘンリー王が主権を握ることはなかったため、歴代君主の中には含まれていない。

ちなみに、この先ジェームズという名の王が戴冠することがあれば、イングランドにジェームズ三〜七世はいないが、その王はジェームズ八世と呼ばれることになる。現在は、イギリス君主に序数を割り当てる際には、スコットランドの君主も勘定に入れる決まりになっているのだ。最後のジェームズ王はイングランドのジェームズ二世で、彼はスコットランドのジェームズ七世でもあった。今後、ジェームズ王が誕生する可能性もなくはない。本稿執筆時点で、エドワード王子の長男ジェームズ・マウントバッテン＝ウィンザーは、イギリス王位継承順位の一一位である〔二〇二三年より、彼の王位継承順位は一五位になっている〕。

タバコを発見したのはウォルター・ローリー？

ビートルズで印象の薄い楽曲というのはそう多くはないが、『アイム・ソー・タイアード』は、そのひとつかもしれない。このアンニュイ賛歌の終盤あたりで、ジョン・レノンはウォルター・ローリー卿のことを、タバコ依存を広めた「ばかやろう」だと罵っている。ローリーは、たしかに違った意味でばかやろうだったかもしれない――なにしろ、処刑されるようなことをしでかしたのだから――が、自分の悪習慣を三五〇年前に既にこの世を去っている人のせいにするのは、いささか身勝手というものだ。

ローリーは、イングランドにタバコをもたらした人物であると、誰もが学校で習う。さらに踏み込んで、彼こそヴァージニアでタバコを「発見した」人物であるとか、船でタバコをヨーロッパに運んできた最初の人物であるなどと記述されているものもある。だが、いずれの功績も、彼の履歴書に書くことはできない。

実際には、ローリーがヴァージニア、あるいは北アメリカのどこかの地に足を踏み入れたことがあったかどうかは疑わしい。彼は、一五八四年から八九年にかけて、この沿岸部を植民地化するために探検隊を派遣した。そして、おそらくだが「ヴァージン・クイーン」の異名を持つエリザベス一世に敬意を表して、その一帯をヴァージニアと名づけた。しかし、ローリーが自らこの探検隊を監督したわけではない。ヴァージニアのタバコが初めてイングランドに伝えられたのは、一五八六年に入植者の一団が帰国したときだと言われている。ローリーはすぐさま宮廷に喫煙を勧め、その習慣が流行した。タバコは咳に効く薬とまで謳われた。

タバコとの蜜月関係は長くは続かなかった。一六〇四年、新たに国王に即位したジェームズ一世は『A Counterblaste to Tobacco（タバコ排撃論）』を著し、その中で喫煙について「目に不快、鼻に嫌悪、脳に有害、肺に危険、その黒く悪臭を放つ煙は、地獄の陰鬱な黒煙に最もよく似ている」とこき下ろしている。王はどちらかといえば電子タバコ派のようだ。

タバコの流行にローリーがどれだけの影響を与えたにせよ、彼が最初に喫煙したイングランド人のひとりではないことはたしかだ。遠からず、とは言えるかもしれないが。この習慣を目撃した最初のヨーロッパ人は、一四九二年にクリストファー・コロンブスとともに航海した人々だった。キューバに来島したコロンブスの偵察隊が、タバコを詰めて焦がした棒から煙を吸い込む人々を目撃したのだ。その気分を高揚させる効能が充分に理解されると、タバコはすぐさまヨーロッパに持ち帰られた。最初のタバコ商人については、一五三三年にリスボンで記録されている。ローリーが宮廷でタバコを吹かすより半世紀以上も前のことだ。イングランドの船乗りたちがタバコに出会ったのは、その直後のことだろう。奴隷商人のジョン・ホーキンスも、一五六五年に新大陸からタバコの葉を持ち帰り、イングランドの地でその狡猾な一服を楽しんだに違いない。

わたしたちイングランド人は、タバコの歴史について尋ねられると、何もかもローリーのやったことにする。既に何十年も前に、タバコと出会っていたヨーロッパ人はほかにもいたのに。この世の中、たいていは仕掛けた人よりも普及させた人のほうが勝るものだ。最初の話題に戻って終わりにしよう。人は『ツイスト・アンド・シャウト』を世に普及させたビートルズを称賛しがちだ。だが、この曲は先に別のふたつのグループがレコーディングしている。

殺された王はチャールズ一世が最後？

ホワイトホール〔ロンドンのシティ・オブ・ウェストミンスターにある通り。イギリスの政府機関が立ち並ぶ〕で、騎兵隊の横に並んで自撮りしたことはあるだろうか？　ぜひ写真をチェックしてみてほしい。もしかしたら、王の死の印が写り込んでいるかもしれないから。ホース・ガーズ〔ホワイトホールに面した建物。現在は王室騎兵隊の本部として用いられており、つねに騎兵によって警備されている〕の時計の数字の二の横には、黒い帯がついている。これは、チャールズ一世がこの場所の近くで斬首された時刻を示している――古い伝説を信じるならば。

チャールズ王の処刑は、イングランドの歴史において重大なできごとだった。七〇〇年ぶりに、イングランドに君主が不在となったのだ。イングランドが共和国となったのは、唯一この期間だけである。しかし、この空位時代は短命に終わった。チャールズ一世の処刑から、息子のチャールズ二世による王政復古までのあいだは、わずか一一年の隔たりしかない。その後、イングランド（あるいはイギリス）がふたたび共和主義に手を出すことはなかった。ただ、殺された王はもうひとりいた。

こんにち、ジョージ五世は二つの功績で知られている。エリザベス二世の祖父だったこと。

いやいや療養生活をしていたウェスト・サセックスのボグナーというタウンに、「王」を意味するリージスを授けて、ボグナー・リージスという名にしたこと。記念として、この国に五〇〇近い運動場を設けたこと。加えて覚えておいてほしいのは、彼が殺された最後のイギリス君主だったということだ。

一九二八年、ジョージ五世は敗血症と肺疾患で倒れた。その後遺症は、彼の余命八年にわたって続いた。翌年の一九二九年、海辺の空気は体によいという少々怪しげながら広く信じられている助言に従って、王は海辺のボグナー[22]で一三週間を過ごした。

一九三六年一月、ジョージ五世はいよいよ予断を許さない状況になり、サンドリンガム・ハウスの寝室にさがった。数日間、意識がとぎれとぎれになったあと、一月二〇日に息を引き取った。

ジョージ五世は、自然な最期を遂げることを許されなかった。王の主治医だったバートランド・ドーソンが、致死量のモルヒネとコカインを投与して、いずれ訪れる死を早めたのだ。

22　ちなみに、王が療養していた邸宅は、ウィリアム・ブレイクが一八〇四年の詩「エルサレム」〔預言詩『ミルトン』の序詩として書かれた「そして古代にあの足は」のこと。のちにヒューバート・パリーによって音楽をつけられたものが、聖歌『エルサレム』として知られるようになった〕の中で、イングランドの「緑豊かな心地よい地」について書いた別荘からわずか五キロメートル（三マイル）、ハロルド王とクヌート王にまつわる話のところで触れたボシャムから一四・五キロメートル（九マイル）、イングランド最古の骨――約五〇万年前の「ボックスグローヴ・マン」の骨――が発見された場所からも同じくらいの距離にあった。ウェスト・サセックスは、イングランドの伝説と歴史が交わる場所として、過小評価されすぎだ。

病の王は安楽死させられていた。この事実は、一九八六年にドーソンの私的メモが公表されて初めて明らかになった。医師は、王の苦しみを終わらせる決断をしたのだった。さらに驚くべきことに、彼は「不適切な」夕刊ではなく朝刊新聞に載るように、真夜中の一二時前に注射をした。このことは本人も認めている。一九三六年当時、死の幇助は違法だった。ドーソンは事実上の殺人を犯したのであり、しかもそれは国王殺しだった。彼が子爵になったのは、それから数カ月後のことだった。

ジョージ五世が最後に残した言葉は、「ちくしょう」あるいは「ボグナーのくそったれ」だったという。どちらを信じるかはあなた次第だ。なんにせよ、ボグナー・リージスに、数字の一二の横に黒い印をつけた時計を設置するキャンペーンを始めようではないか。

一九一八年に英国のすべての女性が選挙権を得た？

わたしがいまこのセクションを書いている二〇一八年二月六日は、国民代表法が可決されてからちょうど一〇〇年に当たる。言い換えれば、英国人女性が選挙権を得てから一世紀が経ったということだ。この一〇〇周年は、当然たくさんの祝賀や記念行事を促した。女性参政権運動家のミリセント・フォーセットの銅像がパーラメント・スクエアに立ち、特別記念硬貨が鋳造され、展示会やイベントが各地で開催された。歴史上の転機となったこの法律だが、「女性が選挙権を得た」とシンプルに言えるほど前進したわけではなかった。何百万人もの女性が、依然として選挙権を奪われたままだったのだ。

選挙権を得るには、女性は三〇歳以上でなければならなかった。それに対して、男性は二一歳から投票できた。その論拠は性差別的なものだった。第一次世界大戦で多くの男性が戦死して、女性が人口の半数を軽く上回るようになっていた。男性一〇〇人に対して、女性は一一〇人という割合だった。もし男女の年齢が平等に認められていたら、女性が選挙人の過半数を占めることになる。これは、当時の体制にとっては好ましくない事態だった。[23] 女性はまた、一定の財産要件を満たさなければならなかった。課税評価額が五ポンド以上の不動産に居住していなければならないという最低限のもので、ほとんどの女性が要件を満たしていたが、これ以上の制限はできないとみなされた。

忘れられがちだが、この法律は、それまで投票所をなすすべもなく通り過ぎていた多くの男性たちにも選挙権を与えた。一九一八年以前は、男性人口の約三分の一が、財産要件を満たさないために選挙権を持てずにいた。要するに、労働者階級だったということだ。一九一八年の国民代表法によって、八〇〇万人以上の女性たちに加えて五〇〇万人以上の男性たちも選挙権を得るようになり、全体の有権者数は三倍に増えた。

また一九一八年の法律によって、女性が国会議員に立候補することもできるようになった。同年の総選挙で、コンスタンツ・マルキエビッチが女性で初めて選出されたが、アイルランドのシン・フェイン党員だった彼女は、ホロウェイ刑務所に収監されていたため、議会に近寄ることはなかった。庶民院の後方席が実際にスカートと触れあうようになったのは、一九一九年一二月、ナンシー・アスターが女性で初めて議会に出席したときのことだった。そして一九二八年、さらなる法律によって、ついに女性も財産制限なく二一歳から投票でき

23　とはいえ、地方選挙においては、女性も男性と同じように二一歳から選挙権が与えられた。

るようになった。英国は、この一〇年のあいだに、女性がいっさい選挙権を持たない国から、有権者の過半数が女性である国へと変貌したのだった。

最後に、国民代表法より半世紀前にあった、あまり知られていないできごとについて紹介しておこう。一九一八年に（一部の）女性が初めて選挙権を得たというのは、厳密には正しくない。一八六七年にマンチェスターで行われた補欠選挙では、地方税納付者に選挙権が与えられたが、「ただし男性に限る」との明記が抜けていた。納税者のひとりであったスコットランド人の商店主で未亡人のリリー・マックスウェルは、自分の名前が選挙人名簿に記載されていることに気づいた。投票所の係員は、「差しだされた票を受け取って、より適切な性別の人々が提出した票と一緒に記録するほかなかった」という。

この抜け穴はただちに塞がれ、民主主義へのさらなる攻撃は防がれたが、それより早くマックスウェルの行動は大きな論争を巻き起こした。無一文になって救貧院で生涯を終えた、忘れ去られたリリー・マックスウェルを称える詩をもって、この話題を締めくくるとしよう。これは『パンチ』誌に掲載されたもので、将来の女性参政権運動家に向けて、こんな服装の提案をしている。

そして時を経て、
善策がもたらされる日がやってくる

われら女性たちは、籠から解き放たれて喜び歌う鳥のように、
選挙人名簿に名を見つけて喜び歌う
さあ投票所へ、鋼鉄の翼に乗って、
かつては鳩、いまや鷲となって突き進む
シニヨンを鮮やかな百合（リリー）の花で飾って、
マックスウェル一族のタータン柄の服を着て

一〇六六年以降、イングランドは侵攻されていない？

大規模な建設現場には、「無事故二六二日め」などと書かれた掲示板があったりする。英国人の心理も似たようなものだ。島国のわたしたちは侵攻されにくい。ヨーロッパ大陸のほとんどの地域は、何度も繰り返し征服されては領土を失い、また征服されては陥落してきた。しかし、わが故郷は違う。敵国からの干渉もなく、一〇〇〇年近くも安定を保ってきた。一〇六六年のノルマン人による侵攻を最後に、イングランドが外国勢力に掌握されたことはない。

さて、この本の論法についてはもう慣れたものだろうから、わたしがここから反論に転じることは既にお気づきかと思う。「侵攻」と「成功」をどう定義するかによっては、他国によるイングランド侵攻は何度も成功している。たとえば、中世後期には、スコットランド人に国境を越えてたびたび攻め入られ、何年もイングランドの領土を占領されたこともあった。

一〇六六年以降、「征服」と正しく呼べるものはないが、イングランドの君主交代に直接つながった、少なくとも三つの事件がある。

フランスによる占領

イングランドは、一六カ月間フランス兵に占領されていたことがある？　それが本当にあったのだ。マグナ・カルタの「調印」に続いて起こった、あまり知られていない一連のできごとを指して、第一次バロン戦争という。マグナ・カルタは理論上、ジョン王の権力を弱めて、裕福な地主諸侯であるバロンたちにより多くの発言権を与えるものだった。ジョン王がこれに従わなかったことで、諸侯たちはふたたび憤慨し、内戦へと発展した。そこにフランスが絡んできた。フランス王太子のルイが、諸侯側について侵略軍を送り込んできたのだ。フランス軍は一二一六年五月にケントに上陸するやいなや、一気に進軍した。まずロンドンが戦わずして占領され――市民たちも諸侯側の大義に賛同していたのだ――、それからイングランド南部の大部分もフランスの手に落ちた。ルイは、セント・ポール大聖堂で行われた式典で、国王にまで宣言された（ただし戴冠はしていない）。その後も多くの戦いや包囲が繰り広げられたが、一二一六年一〇月にジョン王が死去したことで、敵対すべき相手がいなくなった。フランス軍はイングランドの大部分を掌握したまま、さらに一年間とどまった。しかし敗戦が続き、諸侯たちも新王ヘンリー三世のほうに寝返ったため、ルイ率いるフランス軍はついにイングランドから出ていった。

王の退位を迫った侵攻軍

一三二六年にも、体制を揺るがす侵攻がある意味で成功していた。イングランド王妃のイザベラは、夫の（真っ赤に熱した火かき棒でおなじみの）エドワード二世の寵愛を失ったあと、フランスに亡命していた貴族のロジャー・モーティマーと熱烈な恋に落ちた。ふたりは、ローランド地方の軍隊の支援を受けた大陸の傭兵からなる小部隊を引き連れて、海峡を渡ってサフォークに上陸した。エドワード二世の統治は人気がなく、多くの諸侯たちがイザベラとモーティマーのもとに走った。侵攻が勢いを増すにつれ、王権はもろくも崩れ去り、エドワード二世は若きエドワード三世に譲位することを余儀なくされた。これは基本的には内乱のクライマックスだが、フランス王の娘であるイザベラ率いる外国の侵攻軍によって引き起こされたことは否定できない。

オランダ軍の侵攻によって倒された、もうひとりの王

おそらく、最もよく知られているイングランド侵攻は、最も平和的な侵攻でもあった。一六八八年、不人気だったジェームズ二世（スコットランドのジェームズ七世）は、オラニエ公ウィレム率いるオランダの侵攻軍によって国から追放された。プロテスタントだった

ウィレムは、現王のカトリック信仰を嫌うイングランドの支配階級の多くから歓迎を受けた。オランダの陸軍と海軍はほとんど抵抗を受けることなく、まもなくウィレムは妻のメアリー（ジェームズ二世の娘）と共同で王位についた。これはすぐに「名誉革命」と呼ばれるようになったが、招請されたとはいえ、イングランドへの侵攻が成功した最後の事例であることは間違いない。

誤解されている
イングランドの
人たち

戦いの女王から葉巻の王まで、
イングランドの英雄と
悪党たちの名鑑は
誤解に満ちている。

女王ブーディカ、あるいはボウディッカ、ボアディケア、ブーディケア

ウェストミンスター橋には驚くべき彫刻がある。ビッグ・ベンの下に立って北を見てほしい。二頭の暴れ馬が、車輪から恐ろしいスパイクの突きでた戦車を引いている。そこに乗っているのは、復讐に燃える女王と半裸の娘たちだ。この像は、抵抗、蜂起、権威への怒りを象徴している。中央政府がある場所のすぐ隣にこのようなシンボルを置くところが、じつに英国らしい。

像の下にある銘板には、「ボアディケア（Boadicea）、イケニ族の女王。ローマ人侵略者に対抗して民を率いたのち、紀元六一年に死す」と記されている。ボアディケアは、英国で最も早くに名前が記録された女性のひとりである。だが皮肉なことに、その名前は何世代も間違ったまま記憶されてきた。本当はブーディカ（Boudicca）と書くのが正しい。理由はあとで説明しよう。

わたしたちは、この女性のことをほとんど何も知らない。その治世に関しては、ローマ人歴史家のタキトゥスとカッシウス・ディオによるふたつの記述しか残っていない。どちらも、この事件よりあとに書かれていて（カッシウス・ディオの記述にいたっては、一世紀以上も経っている）、細かな点で違いが見られる。知られているかぎりでは、ざっとこんな話だ。ブーディカは、ローマ人が侵攻してきた時代に、現在のノーフォークあたりを拠点としていたイケニ族の女王だった。両勢力は二〇年ほど平和のうちに共存しており、イケニ族は干渉されることなく自分たちの暮らしを続けていた。しかし、それも長くは続かず、まもなくローマ人がイケニ族の領土に侵入するようになった。やがて全面戦争が勃発した。ブーディカの娘たちはとらえられて陵辱され、女王は鞭打ちの刑に処された。復讐を誓ったブーディカは、いまのコルチェスター、ロンドン、セント・オールバンズにあったローマの町に剣と炎をもたらした。この戦いで推定七万人が命を落とし、町々は跡形もなく破壊さ

れた。ブーディカは最終的にローマ軍に敗れたが、その場所がどこだったかはいまだ謎のままだ。それからずっと、ブーディカは英国の抵抗の象徴でありつづけている。

このように記録に乏しい歴史的事件を扱うとき、何が事実で、何が伝承や誇張なのかを判断するのは難しい。ただ、女王の名前がボアディケア（Boadicea）ではなかったことはたしかだ。何世代にもわたって、子どもたちは学校でその名前を教えられてきた。しかし、最近になって、「Boudica」または「Boudicca」に変更された。小学校時代から刷り込まれたことを手放すのは難しく、多くの人が、まるで強情に手綱を放さない戦車兵のように、「Boadicea」という名前に固執している。ウェストミンスター橋の像の下にも、その綴りが刻まれている。

しかし、ふたつの原典には、ブーディカ（Boudicca）と書かれている（翻訳だけでなく、オリジナルのラテン語でも）。「Boadicea」や「Boadicia」の綴りが使われはじめたのはテューダー朝時代からで、一八世紀の詩人ウィリアム・クーパーの『Boadicea, an Ode（ボアディケアの頌歌）』によって世に広まった。この呼称が標準とされてきたが、近年になってようやく学者や教師たちが原典に立ち返るようになった。それでもなお、保守的価値観の総本山である『テレグラフ』紙のスタイルガイドには、いまだに「Boudicca ではなく Boadicea」と規定されている。

ブーディカの物語には、欠落した部分がまだまだたくさんある。人々はそれらを憶測や戯言で埋めてきた。彼女の埋葬地がよい例だ。その場所が発見されたことは一度もないが、女王の最後の安息の地は、キングス・クロス駅の九番線か一〇番線――J・K・ローリングが、ハリー・ポッターと友人たちの乗ったホグワーツ特急を出発させたのと同じ場所――の下だとする、根も葉もない噂がある。この伝説の由来のひとつに、キングス・クロスの古名がバトル・ブリッジ（戦いの橋）であることが挙げられる。だが語源学者の考えでは、このバトル・ブリッジという語は、このあたりを流れるフリート川に架かっていた横断橋の名称である「ブロード＝フォード」・ブリッジと混同されたのが由来になっているのではないかという。キングス・クロスで実際に戦いがあった証拠は、これまでひとつも発見されていない。ただし、地元のとあるハンバーガー・レストラン――編集者が許可してくれないだろうから、店名を挙げるのは控えておく――では、よくバンズ争奪戦が行われているが。

裸で乗馬したゴダイヴァ夫人

ブーディカと同じように、ゴダイヴァ夫人も歴史上にたしかに記録が残っている人物だが、いまでは伝説に覆われている。ゴダイヴァ（古英語ではGodgifu）はマーシア伯レオフリックの妻だった女性で、ノルマン・コンクエスト直後に死亡したとされる。当時、ふたりは修道院に惜しみなく寄付をする夫妻としてよく知られていた。しかし、これら善行のすべての記憶は、ゴダイヴァ夫人のたったひとつの行動によって輝きを失うことになる。彼女は、裸で馬に乗ってコヴェントリーを一周したのだ。

すべての始まりは、まさかの税金をめぐる諍いだった。レオフリックは、コヴェントリーの住民たちに過酷な税を課していた。その理由については歴史から失われてしまっている。ゴダイヴァ夫人は、住民たちの負担を減らしてやってほしいと何度も繰り返し夫に懇願した。レオフリックはそれを突っぱねたが、妻がコヴェントリーの街中を裸で馬に乗って走るなら、税金をさげてやってもいいと、冗談まじりに提案した。ゴダイヴァ夫人は、空威張りする夫をぎゃふんと言わせる方法を思いついた。自分が裸で馬に乗っているあいだ、窓に板を打ちつけて家の中にいるよう、町衆に命じたのだ。ひとりだけ、結束を乱した者がいた。トーマスという仕立て屋が窓から顔を出して、脱衣した貴婦人を見ていた。これが「ピーピング・トム（のぞき魔）」の語源である。

とても説得力のあるストーリーだ。気高い大義のための自己犠牲に加えて、刺激もたっぷりだ。しかしながら、このエピソードは当時のどの年代記にも記録されていない。それもそのはず。レオフリックは町の書記官たちを監督する立場だったのだから。このような恥さらしな事件を公式記録から消し去ることなど簡単だっただろう。この裸の行進については、そのようなことがあったとされるときから二〇〇年以上も経った、一二六五年の『Flores Historiarum（歴史の花）』の写本で言及されるまで、文書に記されることはなかった。二世紀ものあいだウォリックシャーで囁かれつづけたこの物語に、どれだけの真実が残っていたというのか。この写本には、ゴダイヴァ夫人は見物人でいっぱいの市場を馬で突っ切ったとあり、ピーピング・トムについては何も書かれていない。伝説とは、時代とともにいかに尾ひれがついていくものかがよくわかる。

イングランドにふさわしき英雄、聖ジョージ

「さあこう叫べ、『神よ、ハリーを守りたまえ、聖ジョージよ、イングランドを守りたまえ！』」と、ハーフラーでヘンリー五世は兵士たちに訴える。シェイクスピアが書いた有名な演説、「いま一度突破口へ、諸君」の最後を飾る台詞だ〔シェイクスピアの史劇、『ヘンリー五世』より。ハリーはヘンリー五世の愛称〕。この聖ジョージなる人物は、戦場からサッカースタジアムのテラス席まで、長いあいだイングランドの守護聖人を務めてきた。しかしながら、彼はこの国の人ではなかった。

歴史上のジョージ――ほぼ神話のような資料しかないので、実在していたかどうかはわからない――は、イングランドについて耳にしたことすらなかった。耳にできるはずがない。彼は三〇三年頃に殉教しているが、やがて彼を崇めるようになるこの国は、当時はまだブリタニアと呼ばれていた。イングランドの名前の由来となったアングル人がこの地を悩ませるようになるのは、それから一世紀以上も先のことだ。

彼がこの地を訪れたこともなかった。伝説によれば、（現代で言うところの）ギリシャ系かトルコ系のローマ人兵士だったジョージは、キリスト教信仰を捨てることを拒んだために、拷問を受けたあげくに処刑された。彼の生涯について詳しいことはほとんどわかっていないが、ギリシャより西を旅した形跡はわずかにもない。言うまでもないが、ドラゴン退治の話は、まったくのでっち上げだ。彼の生涯に関する初期の資料（四世紀か五世紀のもの）は、火を吹く怪物との戦いについて記す必要などないと思ったようで、このことが初めて記録されたのは、ようやく一一世紀に入ってからだ。ある言い伝えでは、ジョージがドラゴンと対峙したのは、ウィルトシャーのスウィンドンより少し東に位置するアフィントンの丘だったということになっている。

では、このように曖昧な伝記しかない東ヨーロッパ人が、どのようにしてイングランドの守護聖人になったのか？　答えは、「徐々にそうなった」だ。中世後期の大半において、イングランドでいちばん重要な聖人はエドワード懺悔王だと考えられていた。しかし、十字軍の騎士たちがビザンツ帝国からジョージの冒険物語を持ち帰ったことで、彼の人気に火がついた。その一世紀後、エドワード三世が、ガーター勲章――騎士に与えられる最も栄えある騎士道精神の証――の守護聖人に、このドラゴンスレイヤーを選んだ。印刷機の登場によって、ジョージの物語はさらに広まり、やがて彼は国の守護者として崇敬されるようになった。ジョージの盾の後ろに行軍しているのはイングランド人だけではない。その国名が示すように、ジョージアもわたしたちと同じ人物を守護聖人としている。ジョージアの国旗は、セント・ジョージ・クロス（聖ジョージの十字）で区切られた四つの面のそれぞれに小さな赤い十字が描かれている。バルセロナの旗にも、なじみの赤と白の十字が見られる。バルセロナだけでなく、ジョージはイベリア半島のほかの地域でも崇敬されている。それどころか、彼はモスクワの旗から、かつてパルケ・サンジョルジ（セント・ジョージ・パーク）をホームスタジアムとし、ときにユニフォームに聖ジョージのエンブレムをつけていた、ブラジルのサッカーチームのコリンチャンスのシンボルまで、あちこちに登場する。

イングランドの四月二三日の聖ジョージの日は、アイルランドの聖パトリックを祝うお祭り騒ぎに比べると地味な行事だ。だが、それも変わりつつあるようだ。その日は、イングランドの歴史全体と共鳴している。イングランドで最も偉大な王アルフレッドの治世は、八七一年四月二三日に始まった。ウィリアム・シェイクスピアは四月二三日に誕生したと伝えられ、また同じ日に没している。聖人と同名のジョージ五世――もはやこの本の守護君主ではないかと思いはじめている――も、四月二三日にとてつもない偉業を成し遂げた。一九二四年のその日、ウェンブリーで開催された大英帝国博覧会のオープニング式典での国王の演説が、初めてラジオ放送されたのだ。いや、そのとき彼が言ったのは、「ボグナーのくそったれ」ではない。

永遠の王、アーサー王

アーサー王は、イングランド史でも一、二を争うほど有名な王というだけでなく、ブーディカからアルフレッド大王までの約八〇〇年のあいだで唯一、名の知られている英国人である。もちろん、前述したオファの防塁をつくらせたオファ王の名前を挙げられる人もいるだろう。六世紀にこの国にキリスト教を復活させたカンタベリーのアウグスティヌスを知っている人も少なくないだろうが、彼はイタリアの出身だった。ベーダ・ヴェネラビリス（尊者ベーダ）は、この時代に関する本を読む人にはなじみがあるだろうが、一般にはほとんど知られていない。アーサー王は、暗黒時代に人々の想像力の中で輝きを放った唯一の英国人なのだ。しかし、彼が実在していた可能性はかなり低い。

アーサー王の伝説は、何世紀もかけて、最初の物語にたくさんの装飾をつけ加えながら、断片的に言い伝えられてきた。ほとんどの説で、この英雄は五世紀後半から六世紀前半の人物とされている。ローマ軍がブリテン島を去った一〇〇年後、この島は、現在アングル人とサクソン人と呼ばれているゲルマン民族の侵攻に悩まされていた。伝説曰く、そこで侵略者たちに立ち向かう気高きローマン・ブリトン人の導き手として、アーサーが立ち上がった。

アーサー王についての最古の記述は、九世紀の『Historia Brittonum（ブリトン人の歴史）』という写本に見いだされる。その中に詳述されているできごとが起こったとされる三〇〇年後に書かれたものだ。そこには王の偉大な戦歴が列挙されていて、じつに興味深い。ベイドン山の戦いで、アーサー王が九六〇人の敵をひ、と、りで討ち取ったとする記述だけでも、この写本と現実との関係がどんなものかは察しがつくだろう。アーサー王が統治していたとされる時代の一次証拠はいっさいない。ほかの初期の記述も、数世紀後のものばかりで、信憑性は低い。アーサー王が歴史上に存在していた可能性もなくはないが、慎重な歴史家たちは実質的な証拠を何も提示できていない。

わたしたちのよく知っているアーサー王伝説は、ジェフリー・オブ・モンマスが一二世紀に『Historia Regum Britanniae（ブリタニア列王史）』の中で紡ぎだした物語がほとんどである。ここでその隔たりについて強調しておくべきだろう。ジェフリーがこれを書いたのは、アーサー王が（実在したとして）この世を去ってから六〇〇年後のことだった。これは、わたしがインターネットも、そこそこの図書館も、最新の研究も頼らずに、アジャンクールの戦いの歴史について書くようなものだ。そうなれば、どうにもできない空白部分を埋めるために話をでっち上げるだろうし、ついでにちょっとしたスパイスも加えたくなるだろう。ジェフリーがやったのは、まさにこれだ。いまとなっては、彼の見事なつくり話と、失われてしまった写本から彼が集めたはずの実際のできごととを区別するのは不可能だ。

　ジェフリーの著作に歴史的価値はほとんどないが、文化的重要性ははかり知れない。アーサー王伝説だけでなく、リア王の物語や、トロイのブルータスによるロンドンの建国神話の土台にもなっている。ひとつの作品としては悪くない。魔術師のマーリンや、アーサー王の花嫁のグィネヴィアも、この聖職者の筆によって初めてそのキャラクターの一端が描かれた。アーサー王の父ユーサー・ペンドラゴンや、エクスカリバーという剣の名前に初めて言及したのもジェフリーだ。これらの主要キャラクターはすべて、アーサー王に関する最初期の資料から数百年後に登場した。よって、彼らは歴史上の人物ではなくジェフリーの創作である可能性が高い。よく知られている円卓と石に刺さった剣は、さらに後世の創作である。円卓の騎士たちが暇さえあればダンスを踊ったり、クラーク・ゲーブルのものまねをしたりしていたというのは、二〇世紀になってから手直しされたものだと思われる［一九七五年公開のアーサー王伝説を題材にしたコメディ映画、『モンティ・パイソン・アンド・ホーリー・グレイル』の中で歌われる『円卓の騎士』に、そのような歌詞が出てくる］。

　アーサー王の剣はしばしば混乱を招く。王がエクスカリバーと呼ばれる強力な剣を振るったことは、誰もが知るところだ。そして、彼が石から剣を引き抜いて、王としての自らの価値を証明してみせたことも知らない人はいない。歴史に残るアーサー王伝説では、これらは往々にして別々の剣であるようなニュアンスで書かれている。アーサー王は湖の乙女からエクスカリバーをもらい受けるが、王の死後、剣はふたたび乙女に返される。一方で、石に刺さっていた剣には名前がついていない。この二本の剣がしばしば同じものとされるのは、そのほうが話がすっきりするからだ。

ケーキを焦がしたアルフレッド大王

ローマ人とノルマン人をつなぐ数世紀に及ぶ長く記録に乏しい時代において、アルフレッド王は、アーサー王（実在したかどうかは疑わしいが）に次いで二番めに有名な人物である。後世の人々には、アルフレッド大王として知られている。それもそのはず。彼は剣のみならず筆にも長けていた。書物コレクションを夢見ながら、ヴァイキングを打ち負かした学者王だったのだ。

アルフレッド[24]がウェセックスの王になったのは、八七一年、激動のさなかのことだった。デーン人の侵略者たちが、イングランドをまるで蜂蜜酒かのようにつぎつぎと飲み込んでいき、いまや国土の大部分は彼らヴァイキングの手中にあった。即位して最初の年に、アルフレッドは受け継いだ遺産を守るべく、侵略者と九度にわたって血みどろの戦いを繰り広げた。しかし八七八年までに、ウェセックスを除くすべてのアングロ・サクソン人の王国がヴァイキングの手に落ち、アルフレッドは窮地に追いやられた。いっとき、彼はサマセットの湿地

24　正しくは「Ælfred」で、当時は「エイールフレッド」と発音した。

帯に身を隠し、そのじめじめとした水鳥の王国を統治するほかなくなった。事態はどうにも芳しくなかった。

そんなアルフレッドのどん底時代は、それから永久に語り継がれる伝記の源にもなった。言い伝えによると、身分を隠したアルフレッド王は、地元の農家のおかみさんにケーキの焼け具合を見ていてくれと頼まれた。しかし、返り咲くすべを考えるので頭がいっぱいだった王は、ケーキを焦がしてしまった。彼の正体を知らないおかみさんは、アルフレッドをこっぴどく叱りつけたという。

たいして華々しくもない逸話だろう？　一一五〇年前に、湿地帯のとある家庭で起こったちょっとした事故にすぎない。それでも、アーサー王の荒唐無稽な伝説はさておき、ノルマン・コンクエスト以前の英国史で最もよく記憶されているできごとといえば、アルフレッド大王の黒焦げケーキ事件なのだ。新石器時代人、ケルト人、ローマ人、アングロ・サクソン人がやってきては去っていったというのに、みなが覚えているのは黒焦げのケーキのことだけ。わたしたち英国人は、権力の座にある人をばかにするのが大好きだ。この一件は、どんなに偉大で善良な人間だって、とっさに間抜けなことをするものだということを思い出させてくれる。

しかし、この「ケーキ事件」は本当にあったのだろうか？　誰も知らない。この事件について書かれたのは、それが起こったとされるより三世紀もあとのことだ。可能性は充分にあるが、文書に残っていないのだ。これより以前に、「毛羽立ちズボンのラグナル」とかいう、ふざけた名前のデーン人侵略者にまつわる似たような話が存在していた。おそらくアルフレッド大王の伝記作家たちは、この男の料理の失敗談を借用したのだろう。

この話に事実の断片がまじっているかどうかは決してわからないが、アルフレッド大王が残した真の遺産はもっとはっきりしている。王はヴァイキングを打ち負かして和議を結んだ。さらに、読み書きの習得計画と法律を導入して、国の方向性を変えた。しかしアルフレッドは、よく書かれているように、全イングランドの王を主張することは叶わなかった。九二七年に、アゼルスタン王がデーン人からイングランド北部を奪い返し、自身をイングランド王と宣言したことで、ようやく初めてイングランド全土がひとりの統治者のもとに統合されたのだった。アゼルスタン王は、スコットランド王のコンスタンティン二世も服従させ、事実上、全ブリテンの王（アゼルスタンが硬貨に刻印した称号）となった。これは、イングランド王国とスコットランド王国がジェームズ一世かつ六世の個人統治のもとに統合されるよりも、およそ六六〇年も前に成し遂げられたことだった。

ロビン・フッドと愉快な仲間たち

アーサー王と同じく、ロビン・フッドは伝説上の人物である。いくらかは史実をもとにしているると考えられるが、彼の生涯を示す証拠は乏しい。かといって、彼が実在していたことを裏づける記録が何もないと言えば嘘になる。実際はその逆だ。この中世の義賊の痕跡は、古い記録に幾度となく現れる。ロビンやロバートは、当時よくある名前だった。フッドも、それなりに普及していた。一説によると、現在わたしたちがごく一般の人、身元不明の遺体、クレジットに名前を出されたくない映画監督の代名詞として、それぞれジョー・ブロッグス、ジョン・ドウ、アラン・スミシーといった名前を使うように、「ロビン・フッド」はあらゆる無法者を指す総称だったという。ロビン・フッド伝説の由来となったひとりの人物がいたのか、それとも何人かの別々の義賊の冒険談を集めて伝説が生みだされたのか、わたしたちには決してわからないだろう。ただ、ロビン・フッド物語の主要要素の多くが、彼が生きていたとされるより何百年もあとに創作されたものだということだけはわかっている。

こんにちのロビン・フッドは、荒くれ者になった貴族、つまり、追い剝ぎ貴族〔自分の領地内を通行する旅人の所持品を奪う貴族」から貴族の金品を盗む泥棒になった者として描かれるのが一般的だ。泥棒王子ということだ。しかし、ロビン・フッドに関する初期のいずれの文献（一三〜一四世紀のもの）にも、彼はヨーマン階級——小さな農地を所有する自作農民、あるいは貴族一家の使用人——だったと書かれている。彼が貴族の血となんらかのつながりがあったのだとしたら、それは馬上槍試合のあとに槍代わりに使ったモップの柄についた相手の血くらいだろう。逃亡貴族だったという言い伝えは、一五九七年、シェイクスピアの時代に、劇作家のアンソニー・マンデイがロビンをハンティンドン伯爵に格上げして描いたことから始まった。そのつながりが定着したようだ。現在の実在するハンティンドン伯爵は、ウィリアム・エドワード・ロビン・フッド・ヘイスティングス＝バスという名前である。

　現代では、ほとんどの場合、ロビンはリチャード獅子心王——十字軍を率いた偉大なイングランド王[25]——の闘士として描かれる。対する悪役は、兄のリチャード王が聖戦で留守のあいだ、腐敗した悪政を強いる代官のジョンだ。時期はもっともらしい。リチャード獅子心王が在位していたのは一二世紀末の一〇年間で、歴史的文献にロビンの言及が初めて出てくる八〇年前のことである。しかし、この無法者が十字軍の王とその評判の悪い弟と同じページに登場するようになるのは、獅子心王の死後三〇〇年ほど経ったテューダー朝時代になってからだ。

25　ちなみに、彼が在位中にイングランドで過ごしたのは、わずか六カ月だったようだ。

ロビンは裕福な人々から金品を奪って貧者に与えたのだろうか？　初期の記述には、そうは書かれていない。このような富の再分配の癖が初めて言及されたのも、やはりテューダー朝時代になってからだった。具体的には、歴史家のジョン・メジャーがこの関連づけをした最初の人物で、彼は一五二一年に、ロビンは「……女性に危害を加えることを許さず、貧者の財産を奪うこともせず、逆に修道院長から奪ったもので彼らを惜しみなく助けた」と書いている。もちろん、記録されない歌や口承でロビンのアンチヒーロー的ふるまいが称えられてきた可能性もあるが、それを確認できる初期の物語詩（バラッド）やテキストはない。

有名な登場キャラクターたちの多くも後世の創作だ。リトル・ジョンは最初からいたが、ロビンとリトル・ジョンが橋の上で長い棒でやりあう有名なシーンは、一七世紀に生みだされたものだ。乙女マリアンが一行に加わったのも、少し経ってからだった。同じ名前の似たようなキャラクターが中世のほかの伝承に登場するが、ロビン・フッドの世界線（Netflix世代の用語を使うなら）と交差するのは一六世紀になってからだ。タック修道士の起源も似たようなもので、五月祭でよく目にする陽気なキャラクターだったのが、一五世紀に入って愉快な仲間たちの正式な一員となったようだ。アラン・ア・デイルの登場は、一七世紀まで待たなければならなかった。

世代ごとに伝説が加わっていく。それはいまも続いている。一九七〇年代、ウォルト・ディズニーはロビン・フッドをキツネ、リトル・ジョンをクマとして描いた。一九八〇年代の映画『バンデットQ』は、ロビンを間抜けな上流階級人として描写した。一九九一年、ケビン・コスナー主演による映画化では、アジームという、モーガン・フリーマン演じるムーア人が無法者の一団に加えられた。同じ頃、宇宙船艦長のジャン＝リュック・ピカードは、アンドロイドのタック修道士とクリンゴン人のウィル・スカーレットとともに、全知全能のエイリアンによってロビン・フッドに変えられていた〔一九九一年放映の『新スタートレック』のシーズン四、第二〇話「ＱＰＩＤ」より〕。

　現代には、ほかにも愉快な仲間たちを子ども、操り人形、スマーフ族、ロボット、アニメキャラなどに改変した作品がつくられている。重要なのは、ロビン・フッドは変幻自在で、そのときどきの時代にうまく溶け込めるということだ。始まりからして、語り部のふとした思いつきが、火を囲んで楽しむ物語として形となったのだ。こんにちのロビン・フッドの改作は、正統とは思えないし、荒唐無稽にすら感じるかもしれない。しかし、これらもすべて、何世紀も脈々と続いてきたロビン・フッド伝説の一部なのだ。

　ということで、わたしもイラストレーターにお願いして、ホッピングに乗るロビン・フッドを描いてもらった。

風を切って疾走する悪党、ディック・ターピン

このおなじみのハイウェイマン〔馬に乗って追い剝ぎをする人のこと〕は実在の人物だが、風を切って疾走するロマンティックなキャラクターという現代のイメージは、現実というより伝説に近い。ターピンは、おそらく凶悪でなんの魅力もない男だった。当時に描かれた絵はないものの、新聞に彼の風貌についてわずかながら描写されている。一七三七年のある記事には、その男は「身長五フィート九インチ〔約一七五センチメートル〕、褐色の肌で、天然痘の痕がよく目立つ。頬骨は広く、顎に向かって細い顔立ちで、目鼻立ちは薄く縦に長く、肩幅が広い」と書かれている。彼は少なくとも一度は殺人を犯しているほか、いくつもの残虐な殴打事件に関与した。伝説の紳士的な無法者とはかけ離れた、あばただらけの犯罪者だったのだ。

ターピンのおとぎ話は、ウィリアム・ハリソン・エインズワースの創作によるところが大きい。彼の小説『Rookwood（ルークウッド）』（一八三四年、未訳）は、ターピンの処刑か

ら一世紀ほど経って出版されたもので、事実とはかなり違う。物語の中で、ターピンはさほど重要な役どころではないにもかかわらず、華やかで大きな存在感を放っている。とくに、彼のヨークまでの猛烈な馬旅はよく描かれている。愛馬のブラック・ベスは、二〇〇マイル〔約三二〇キロメートル〕の距離（駅馬車だと四日かかる）を一日足らずで駆け抜けたあと、ヨークの町外れで疲れ果てて命尽きる。

「ああ、逝ってしまった！　いままで出会った中で最高の馬を死なせちまった！　そこまでしてなんになる？」と、ターピンは叫ぶ。

　それが予期せずすごいことになったのだ。ヨークへの架空の馬旅によって、人々の想像の中のターピン伝説は確固たるものとなった。いまや彼は、ほとんどの人がハイウェイマンといえばターピンの名を挙げるほど、典型的人物として定着している。しかし、事実はおおいに異なる。ターピンが馬に乗って追い剥ぎをしていたのは、わずか四年間だけだった。密猟、家宅侵入、泥棒（とくに馬や鹿をよく盗んだ）をしていた時期のほうが長い。彼が馬に乗って追い剥ぎをしたことを明らかにした当時の報道はほとんどなく、結局のところ、ターピンは馬の窃盗で有罪判決を受けた。

　ブラック・ベスも空想の産物だ。馬泥棒だったターピンは、馬をたくさん盗んでは試し乗りしていたが、ある特定の雌馬を気に入っていたという記録はない。ブラック・ベスという名前は、おそらく一九世紀の創作で、パンフレットなどの印刷物で使われるようになったあと、『ルークウッド』によってターピン伝説の中に根づいたようだ。自力で一日に二〇〇マイルも走ることのできる馬などいない。

ウィンストン・チャーチルの名文句

問題：「われわれは浜辺で彼らと戦う」と言ったのは誰だ？

答え：誰も言っていない。ウィンストン・チャーチルが有名な演説の中で実際に言ったのは、「われわれは浜辺で戦う」だ。少なくとも、演説のその箇所で「彼らと」とは断定しなかった。チャーチルが言いたかったのは、ドイツ人、イタリア人、ヒトデ、互いに……など、可能性はいくらでもある。だからこそ、「浜辺で彼らと戦う」と言ったと、ほぼいつも間違って引用される。一〇〇パーセントとは言い切れないが、「互いに」はないと考えていいだろう。

チャーチルは、二〇世紀のイングランドの誰よりも神話化され、間違って引用され、誤解され、一部でその死を惜しまれている。だが、「本当のチャーチル」に関する書籍が山ほど書かれているという事実は、人々の想像にまとわりついているのが「嘘のチャーチル」であることを暗に示している。先の間違った引用も、偽情報という浜辺のひと粒の砂にすぎない。チャーチルは、英国の暗号解読者たちが集めた機密情報を守るために、わざとドイツ軍にコヴェントリーを爆撃させたのか？　また真珠湾攻撃のことを事前に知っていながら、アメリカを戦争に引き込むために情報を伏せたのか？　ドレスデン爆撃は、本当にコヴェントリー空襲への直接の報復だったのか？　それとも、ソ連赤軍を助けるための戦略任務だったのか？　これらの重々しい疑問は軍事史家たちにまかせておこう。詳しい議論や資料については、国際チャーチル協会の素晴らしいウェブサイト（https://winstonchurchill.org）を参照してほしい。チャーチルの人柄や評判について、もっと手軽に扱えるものがまだまだたくさんある。

まずはその熱い演説から見ていこう。そもそも、チャーチルは本当に演説をしたのだろうか？　陰謀論のネタみたいだが、このような見方は真剣に検討されている。へとへとに疲れていたチャーチルは、人類史上最高と謳われる演説のいくつかをものまね俳優に代理させたという噂が長らく囁かれている。国民は騙されて、首相がラジオで直接演説をしたものと信じ込まされたというのだ。チャーチルが、数々の有名な演説を庶民院で最初に読み上げたことは間違いない。これは録音機器が庶民院に導入されるよりずっと前のことだったので、これらの熱い言葉を耳にできたのは、集まった議員と記者席の人々だけだった。一九四〇年六月四日の「われわれは浜辺で戦う」の演説は、とくに評判を呼んだ。この演説で首相は、フランスの陥落とダンケルクからの撤退を、抵抗の表明と国家の勝利の始まりへと転換した。「何人かの労働党員は涙を流した」と、ある国会議員は述べている。

彼の言葉がどうやって広く国民に届けられたかについては、また別の話だ。この演説は、ニュース記者が重要なフレーズを繰り返し報道はしたものの、ラジオで全文が読み上げられたことはなかった。正当な歴史によると、チャーチルがこの演説を録音したのは一九四九年になってからで、以降、この録音が英国国民の背筋を震わせてきた。その言葉の力強さと自信は、多くの人々に一九四九年よりずっと以前に聞いたチャーチルの演説を思い出させた。ここで登場するのが、ノーマン・シェリーだ。

シェリーは、BBCの『Children's Hour（チルドレンズ・アワー）』に出演していることで有名な俳優だった。彼はまた、自分をチャーチルのものまね俳優だと思っており、戦時中に公の場でそのようにふるまったことがあると主張した。シェリーがチャーチルのいくつかの主要な演説を読んだ録音が知られているが、それらが放送された証拠はほとんどない。新しい証拠が出てくるたびに、この疑惑がふたたび浮上するものの、首相が代役を使ったと断定できる証拠を示した人はまだいない。

「われわれは浜辺で戦う」の場合は、チャーチルは本当にその言葉を発しており、彼がそう言ったことも人々は覚えている。しかし、チャーチルが一度も口にしたことのないはずの言葉も、彼のものとして数多く引用されている。

・「民主主義に対するいちばんの反論を知りたいのなら、平均的な有権者と五分会話をすることだ」

・「敵がいるか？　それはよいことだ。人生の中で何かのために立ち上がったことがあるということだから」

・「もしいま地獄の真っ只中なら、そのまま突き進め」

・「若いときにリベラルでない人間は心がない。年を取って保守的にならない人間は頭脳がない」

・クレメント・アトリーについて、「彼は羊の皮をかぶった羊だ！」これは実際にチャーチルが言った可能性があるが、確証はない。

ウィンストン・チャーチルが、同じ人物に二度救われたという話はご存じだろうか？　幼い頃、チャーチルはスコットランドの湖で泳いでいたときに大変な事態に見舞われた。もがき苦しむウィンストン少年を安全なところまで引っ張っていったのは、アレックスという農家の少年だった。

ウィンストンの家族は、感謝の気持ちを込めて、アレックスの医学部の学費を支払った。アレックス――フルネームはアレクサンダー・フレミングという――は、やがてペニシリンを発見することになる。この抗生物質がのちに、第二次世界大戦の最中に病に倒れたチャーチル首相の命を救ったのだった。チャーチルがいなければフレミングも世に知られることはなかっただろうし、フレミングがいなければチャーチルが活躍した時代もなかっただろう。

すてきなめぐりあわせの物語だが、残念ながら、この話のほとんどは事実ではない。たしかにフレミングはスコットランドの農家生まれだが、幼少期にチャーチル家が同じ地方にいたという記録はない。チャーチル家がフレミングの教育費を支払ったという証拠も、チャーチルがペニシリンを服用したという証拠も、いまのところ誰も発見していない。チャーチルが戦時中に感染症にかかったのはたしかだが、別の医師が別の種類の薬で治療している。

衒学的な嫌味な感じもこれで最後だ。チャーチルは第二次世界大戦で連合国側を勝利に導いた名目上のリーダーだが、その戦争が終結したときには、もはや権力を失っていた。一九四五年の総選挙で、クレメント・アトリー率いる労働党が政権を握ったのだ。チャーチルは首相としてナチスの崩壊を目撃し、ヨーロッパでの勝利を宣言したが、戦争は極東でまだ続いていた。日本の降伏によって第二次世界大戦が終わりを告げたとき、ダウニング街一〇番地の首相官邸を占領していたのはアトリーだった。

連合王国のそのほかの国々

これまでイングランドに焦点を当ててきたが、UKにはほかにも北アイルランド、スコットランド、ウェールズの三つの国がある。これらの国についても、わたしたちの知っていることはあれもこれも間違いだらけなのだろうか？

オールド・ラング・サイン　Auld Lang Syne

このフレーズは往々にして、一七八八年に同名の有名な詩歌を書いた詩人のロバート・バーンズによるものとされる。しかし、バーンズは借用しただけにすぎない。この言葉の記録に残っている最初の使用例は、一七世紀のはじめにロバート・エイトン卿によって書かれた詩で、「オールド・ロング・サイン(old long syne)」と書かれている。このエイトンの詩もまた、「旧友は忘れ去られるものなのか」という言葉で始まっている。実際、この旧友は、バーンズのおかげで忘れ去られてしまった。

バグパイプ

この世の中には二種類の人間がいる。バグパイプの音を嫌う人と、バグパイプを演奏する人だ。安っぽいジョークだった。申し訳ない。とはいえ、このドローン楽器が万人受けするものでないことは認めざるをえないだろう。バグパイプはスコットランドのハイランド地方と密接なつながりがあるが、この楽器の起源は古代世界にまで遡る。ローマ皇帝のネロは、燃え上がるローマを眺めながらバイオリンを奏でたという眉唾な逸話と結びつけられることのほうが多いが、バグパイプ演奏の先駆者でもあった。バグパイプは中世ヨーロッパのあちこちで存在が確認されており、イングランドのものは『カンタベリー物語』（一三八〇年）に言及が見られる。スコットランドのバグパイプについて明確な言及が初めて出てくるのは、一六世紀になってからだ。

カーディフ

目からウロコな地理ネタを少々。ウェールズの首都はエディンバラより東にある。このことについて詳しく見ていこう……。英国はごつごつした長方形で、その中心軸は南北に走っている、とわたしたちは思いがちだ。しかしそうではない。この陸塊は明らかに西に傾いている。これがけっこうな傾きなので、スコットランドの首都エディンバラは、スコットランドの東海岸にあるにもかかわらず、ウェールズの首都カーディフよりも少しだけ西にある。

信じられないなら、地図を見てみるといい。同様に、サウサンプトンはニューカッスルよりも東にあり、スコットランドの本土全体はオックスフォードよりも完全に西にある。

フォース橋

「まるでフォース橋の塗装みたいだ」。これは、完了したと思ったら、またすぐ最初からやり直さなければならないような、途方もなく時間のかかる仕事を指すときの決まり文句になっている。「シーシュポスの徒労」の現代版といったところだ。ギリシャ神話に登場するシーシュポスは、巨石を山の上まで押し運んでは転がり落ちるのを永遠に繰り返すという罰を宣告された。同様に、エディンバラ近郊に架かるフォース橋は、あまりに巨大すぎるせいで、ペンキで塗装していっても、またすぐ最初の部分を塗り直す時期が来てしまう。こういったイメージを持たれがちだが、必ずしもそうではなかった。たしかにこの橋は、ほぼ年がら年中補修する必要があったものの、メンテナンス作業員は順番どおりに塗装をやり直すのではなく、とくに風化の激しい箇所を重点的に補修した。さらに二〇一一年以降、この決まり文句はすっかり時代遅れとなっている。いまは新しいタイプのエポキシ塗料でコーティングされているので、四半世紀は補修しなくてすむはずだ。「まるでフォース橋の塗装みたいだ」という表現は、一世代に一度しか起こらないようなできごとを指すようになっていくかもしれない。

ジャイアンツ・コーズウェー

北アイルランドの最も有名な景勝地のひとつに、アントリム県からノース海峡に突きでた岩地がある。ジャイアンツ・コーズウェーと呼ばれるこの場所は、神話によると、フィン・マックールという巨人によってつくられたとされる。なんでもこの巨体の働き者は、対岸のスコットランドにいるライバルの巨人と戦うために、せっせと橋を架けたのだとか。実際には、この石道は約五〇〇〇万～六〇〇〇万年前、地球に本当にいた巨体生物の恐竜がこれまた別の巨大な岩で絶滅した直後に、溶岩流によってつくりだされた。海岸の地形としては、そこまで大きなものではない。近くの数本の岩のほうがさらに海に突きでていて、そのたいして巨大でもないスケールに拍子抜けする観光客も少なくない。むしろ、ジャイアンツ・コーズウェーの名声は、ほぼ人工物と見紛うような四万もの多角形——ほとんどは六角形——の石柱群にある。その構造については地質学者によって解明されているが、なんにせよ印象深い光景だ。このような石柱は決してここだけのものではない。海をはさんだスコットランドのフィンガルの洞窟にも同じような地質構造が見られ、ジャイアンツ・コーズウェー伝説の補強に貢献している。ほかにも何百という例が世界中で知られている。

ハギス

羊の肺、心臓、肝臓とオートミール、獣脂、玉ねぎ、スパイスを動物の胃袋に詰めたもの。

たいていの人は、この伝統的なスコットランドのハギスに「おえっ」というレベル以上の不快感を覚えるが、食べてみてがっかりする人はめったにいない。ある特定の地域とつながりのある食べものの多く（たとえば、コーニッシュ・パスティやシュロップシャー・ブルーを参照）と同じように、ハギスの起源も疑わしい。事実、ハギスに似た料理は多くの文化で確認されており、古くは古代ギリシャやローマまで遡ることができる。臓物は腐るのが早い。きっと狩人たちは、何千年も昔に、胃袋に包んで茹でるという発想に行き着いたに違いない。基本のレシピからどのように現代のスコットランド料理へと発展したかについては、腸さながらに紆余曲折した議論があるが、フランス、デンマーク、イングランドの台所が寄与した可能性が高い。スコットランドはハギスを自分たちのものとしているが、その起源は厳密にはカレドニア〔いまのスコットランドのこと〕にはない。

スコッチ

スコットランドに関連するものを表す用語（スコッチウイスキー、スコッチボネット、スコッチミストなど）だが、人には決して使わない。使うなら自己責任でどうぞ。ちなみに、スコッチエッグはスコットランドとはほとんど関係がない。一七三八年に、ロンドンの〈フォートナム＆メイソン〉という百貨店で発案された。名前の由来はいろいろと議論されているが、カットされたという意味の「scotched」という動詞から来ていると考えられる。

タータン

スコットランドの氏族(クラン)には、それぞれ固有のタータン（北アメリカの友人はプラッドと呼ぶ）があると一般的には信じられている。この考えには真実の糸も織り込まれているものの、ロマン主義という緯糸に埋もれてしまっている。この十字模様の毛織物は古代のゲール文化のひとつとして、スコットランドで大昔から着用されてきた。最も古いタータン柄（専門的には「セット」という）としては、紀元三世紀のものが知られている。特定の地域で特定のセットが流行していたと思われるが、これは手に入る天然染料や織る人によって地域差があっただけで、どの氏族かといったことはとくに関係がなかった。

人々とタータンとの現代のような関係性は一八世紀半ばに始まり、さまざまな影響を受けながら発展してきた。一七四六年、ハイランド地方で起こっていた反乱を鎮圧するために、ハイランド的なタータンの着用が禁じられた。ただし、ハイランド連隊に属する英国兵たちは例外だった。軍隊である彼らには、軍服としてそろいのタータンが与えられたのだ。新しい連隊が創設されるたび、各隊を区別するために新しいタータンが用いられた。民間人に対するタータンの着用禁止法は一七八二年に撤廃された。この頃から、氏族との結びつきが強まっていく。たくさんの新しい柄がつくられ、スコットランドの一族と結びつけられたが、多くの場合、これは歴史的根拠からというより、むしろアイデンティティを形成していくための策だった。このタータンのドレスにロマン主義という新たな層を加えたのが、ウォルター・スコット卿やジェイムズ・マクファーソンの著作だ。

この流行は、一八二二年にジョージ四世がスコットランドを訪問した際、またしてもウォルター・スコット卿の活躍によって大ブームに発展した。このときから、タータンはハイランド地方に限らず、スコットランドの民族衣装として認知されるようになった。やがて、「正統な」クラン・タータンについての本が出回り、スコットランド愛好家に読まれるようになったが、クラン・タータンのほとんどは一九世紀に考案されたものだった。このブームは、ヴィクトリア女王とアルバート公によってさらに加熱した。ふたりがスコットランドのアバディーンシャーにあるバルモラル城に長期滞在するようになったことで、タータンの衣服やデコレーションがファッショナブルなものとして確立した。

以来、新しいセットが続々と誕生している。おそらく、多くの読者もご存じなのが、ベージュと赤の「バーバリー・チェック」だろう。だが、これは一九二〇年代にイングランドでつくられたものだ。アメリカの多くの州には公式のタータンがあるが、いずれも誕生したのは一九八八年以降である。二〇一二年には、シティ・オブ・ロンドンが独自のタータンを登録した。グレーと白に聖ジョージの赤い線が交差する地味なパターンだ。ちなみに、タータンという名前の由来はフランスにあり、「粗くて丈夫な織物」を意味する「tiretaine」から来ている。

ウェルシュ・ラビット

この料理は、上品ぶったチーズ・オン・トーストと表現するのがいちばん合っている。ウェルシュ・ラビットにウサギは入っていないし、おそらくウェールズのものでもない。名前の由来は時の霧の中に失われてしまったが、ウェルシュは文字どおりウェールズの国を指しているのではなく、単純に「外国の」というくらいの意味で使われていると考えられる。この料理は、最近まで「rabbit」と綴られるのが一般的だった。いまは「rarebit」と綴るほうが一般的になり、商品表示法に引っかかることもまずない。

ウイスキー　Whisky/whiskey

アイルランドでは「e」をつけるのが一般的な綴りだが、スコットランドでは「e」なしが好まれる。このルールを絶対に忘れないでほしい。あべこべにすれば、衒学者にカモにされる。ちなみにウイスキーという名前は、ゲール語で「命の水」を意味する「uisce（または uisge）beatha」から来ている。

その発音、間違っていない？

ビューリー　Beaulieu

英国自動車博物館のあるハンプシャー（Hampshire）のこの場所は、綴りはいかにもフランス風だが、発音は違う。地元では「ビューリー（Bew-lee）」と呼ばれている。面白いことに、ここの土地の多くは、かつて「トマス・リズリー（Risley）」と発音される「Thomas Wriothesley」という人物の所有だったが、彼の名前は「トマス・リズリー（Risley）」と発音される。「Hants」と略されるし、ハンプシャーはイングランドでもとりわけ逆張りが好きなカウンティと言って間違いない。

ビーヴァー城　Belvoir Castle

レスターシャーにあるこの有名な城の名前は、一〇〇〇年前のノルマン人の侵略まで遡ることができる。これもフランス風には発音せず、毛がふわふわの哺乳類のように「ビーヴァー（Beaver）」城と発音する。

バークリー（とバークシャー）　Berkeley (and Berkshire)

ここには大西洋を隔てた違いがあり、しばしば混乱のもとになっている。アメリカ人は自国のカリフォルニア州の「Berkeley」を「Burk」と発音するが、英国人は「Bark」と発音する。興味的研究心から、わたしはSpotifyで『A Nightingale Sang in Berkeley Square（ナイチンゲール・サング・イン・バークリー・スクエア）』の全演奏を三〇分かけて調べてみた。タイトルの広場（スクエア）はイングランドのロンドンにあるので、「バークリー（Bark-ly）」と発音するべきだろう。たとえアメリカ人シンガーでも。

ビスター　Bicester

「cester」、「chester」、「caster」という語尾は、イングランドの地名によく見られる。通常は、ローマの要塞都市があったところに築かれた集落を示す。レスター（Leicester）、ウィンチェスター（Winchester）、マンチェスター（Manchester）などがそうだ。近年、ビスターはデザイナーズ・アウトレット・ショッピング・センターができたおかげで、なぜか世界中から人々が訪れるようになり、知名度を上げている。だが、多くの人がその名前を間違えている。「ビセスター（Bi-sesster）」でも「ビッケスター（Bick-ester）」でもなく、「ビスター（Biss-ter）」と発音する。

チャムリー　Cholmondeley

チェシャーにあるチャムリーを訪れる機会は決してないかと思う。おそらく、ここに挙げている中でも群を抜いて無名だろう。わたしがここに含めたのは、その冗長なスペルのためだ。単純に「チャムリー（Chum-ly）」と読む。半分以上の文字が必要ない。

サイレンセスター　Cirencester

ビスター（Bicester）、グロスター（Gloucester）、レスター（Leicester）など、この語尾を持つ地名のすべてが「cester」を「スター（ster）」と短く発音するのとは違い、「Cirencester」は独自路線を走っている。「サイレンスター」だろうという予想に反して、「サイレンセスター（Siren-sesster）」と発音する。

イーリー　Ely

ケンブリッジシャーにある小さくも美しいこのシティは、「エリー（Ellie）」ではなく「イーリー（Eely）」と言う。この発音は、「ウナギ（eel）の地区」という語源を反映していると考えられる（異論もあるが）。

グロスター　Gloucester

これもローマ時代の古い名前で、レスター（Leicester）と同じように発音しない「ce」を隠し持っている。「グロスター（Gloss-ster）」と発音する。

キースリー　Keighley

ヨークシャーのこの小さなタウンは、ブロンテ姉妹とゆかりがあるおかげで広く知られている。「キーリー（Keely）」と言いたくなるが、「t」があると思って「キースリー（Keith-ly）」と発音しよう。

レスター　Leicester

しばしば「リーセスター（Lie-sesster）」と誤った発音をされるが、ミッドランズにあるシティもロンドン中心部にある広場も、どちらも「レスター（Less-ter）」と発音する。

モードリン・カレッジ　Magdalene College

オックスフォード大学にもケンブリッジ大学にも、マグダラのマリアに捧げられたカレッジがあり、どちらも伝統的に「モードリン（Maudleyn）」と発音する。ケンブリッジ大学の場合は、一五四二年にカレッジを再創設したトマス・オードリー（Thomas Audley）を称えるエゴイスティックな語呂合わせとして、かつては発音どおりに「Maudleyn」と綴られていた。オックスフォードのほうは「e」なしで綴られる（Magdalen）が、やはり「モードリン（Maudlin）」と発音する。ちなみに、ケンブリッジ大学の「Caius College」は「キーズ（Kees）・カレッジ」と発音する。

マウゼル　Mousehole

とても奇妙な名前を持つ、コーンウォールの小さなタウン（おそらくネズミとはなんの関係もなく、「乙女の小川」という意味のケルト語のフレーズが転訛したものと考えられる）。発音もネズミを避けている。地元では、「cow」の韻で「マウゼル（Mow-zell）」と発音されている。

ソールズベリー　Salisbury

ここで覚えておくべき重要なことは、「i」は発音しないということだ。この大聖堂で有名なシティは「ソールズベリー（Salz-bree）」という。

シュルーズベリー　Shrewsbury

このシュロップシャーのカウンティ・タウンは、「シュロウズベリー（Shrows-bury）」なのか「シュルーズベリー（Shroos-bury）」なのか、しばしば混乱する。どちらの発音もよく耳にする。地元の人すら、どっちつかずだ。『シュロップシャー・スター』紙が二〇一五年に行った世論調査では、八一パーセントが「シュルー（Shroo）」を支持した。一方、「シュロウ（Shrow）」の形には歴史がある。このタウンのアングロ・サクソン時代の名前は「Scrobbesburh」といい、そこから「Schrosberie」に転訛していった。しかしながら、現代の綴りが話し言葉に影響していき、「シュルーズベリー（Shroos-bury）」のほうが好まれるようになったようだ。

ティンマス　Teignmouth

デヴォンにあるこのリゾート地は、「テインマウス（Tain-mouth）」ではなく、シンプルに「ティンマス（Tin-m'th）」と発音する。

ウスターシャー　Worcestershire

観光にやってきたアメリカ人から映画『シュレック3』の主人公の鬼まで、誰もがこのイングランドのカウンティに手を焼かされる。だが、多くの英国人は自信満々だ。その名前は地図に載っているだけでなく、その名を冠したソースでも有名なのだから。これは「ウォースターシャイア（Worce-ter-shy-er）」ではなく、「ウスターシャー（Wuss-ter-sher）」と発音する（語尾にも注意すること。イングランドでは、カウンティの名前の語尾についた「shire」

は発音しないことが多い。ただし、shire horse〔重い馬車などを引く重種の馬〕はシャイアホースと発音するが、理由はわからない)。ほかにも余計な語尾のついたカウンティに、バークシャー(Berkshire)〔Bark-sher〕、グロスタシャー(Gloucestershire)〔Gloss-ter-sher〕、レスターシャー(Leicestershire)〔Less-ter-sher〕、ウォリックシャー(Warwickshire)〔Wor-ick-sher〕などがある。

そのほかの俗説や誤称

ブリティッシュ・アクセント

そんなものは存在しない。ラムフォード出身のティーンエイジャーとダドリー出身の年金生活者の会話を聞いてみれば、まるで違う言語を話しているかのようだろう。マスメディアによる均質化の影響にも負けず、英国は依然として地域それぞれの方言とアクセントからなる国だ。

カウンティの旗

コーンウォールの人々は自分たちの旗を誇りにしている。カウンティ内のあちこちで、黒と白の聖ピランの十字が目に入ってくる。建物からはためき、車のバンパーを飾り、〈ギンスターズ〉〔コーンウォールに本社を置く、UK最大手のパスティ製造会社〕のパスティのパッケージにまで登場する。しかし、その歴史は想像するほど古くはない。この旗については、一八三八年に著されたコーンウォールの郷土史に最初の言及が見られる。現存する最古の使用例として確認できるのは、一八八八年にコーンウォール出身の産業の英雄リチャード・トレビシックを記念してつくられた、ウェストミンスター寺院のステンドグラス窓だ。それでも、ほかのカウンティの旗に比べれば、これはまだ古いほうだ。歴史的カウンティのうち、三つを除くすべてのカウンティに、フラッグ・インスティテュートに登録された公式旗がある（ちなみに例外の三つのカウンティとは、ハンプシャー、ヘレフォードシャー、レスターシャーだ）。公式旗を持つ三六の歴史的カウンティのうち、二五のカウンティの旗は二一世紀になってからつくられた。いちばん新しいのはサフォークとオックスフォードシャーで、これらの旗は二〇一七年一〇月に登録されたばかりだ。とはいえ、どちらも伝統的な古い紋章に基づいている。わたしのお気に入りは、二〇〇九年に公式登録されたウィルトシャーの旗だ。緑と白の縞模様を率いるかのように、一度イングランドで絶滅したものの、ふたたびウィルトシャーに生息するようになった、ノガン（great bustard）という残念な名前の鳥が描かれている［近しい発音の great bastard が「大ばか野郎」という意味］。

コーンウォール公領

君主の長男（長女は対象外）が授かる称号。この特権には一三万五〇〇〇エーカー（五万四六三三ヘクタール）という広大な土地がついているが、コーンウォールにあるのはほんの一部にすぎない。保有地の約半分はデヴォンにあり、あとはコーンウォール、ヘレフォードシャー、サマセット、シリー諸島の大部分となっている。

ダンジネス

ダンジョンとはなんの関係もない。ケントにあるこの突起部分の名称は、デンマーク語で「岬」を意味する「nes」に、個人の名前（Mr. Denge）、あるいは危険（dangerous）という意味の言葉が組みあわされてできている。わたしがこの人里離れた地を取り上げるのは、この国に唯一ある砂漠だと言われているからだ。ダンジネスの砂利浜は、ひどく風の吹き荒れる乾燥した不毛の地なのだから、サハラ砂漠やゴビ砂漠と同じカテゴリに分類されるべきだ。一〇〇〇を超えるウェブページで、こんな感じのストーリーが語られている。しかし事実はそう確固たるものではない。ダンジネスには、英国のほかのあらゆる地域と同じように、たくさんの雨が降る。植物が生えないのは、降雨量が少ないせいではなく、海風が強くて塩分が多いからだ。厳密に言えば、そこは砂漠ではない。

エゼルレッド無思慮王　Ethelred the Unready

あだ名をつけられたイングランド君主は少ない。ブルガリアには、キャベツのイヴァイロと呼ばれる皇帝がいた。フランスのルイ五世は「怠惰王」と称された。カスティーリャ王国には、エンリケ不能王（インポテンツ）がいた。イングランドの準備不足（unready）のエゼルレッドは、デーン人の侵攻に苦しむ中、二〇〇〇年紀の幕開けを告げたイングランド人の王だが、いまでもその名が笑いを誘う。準備不足というのは、現代人の耳には滑稽に響く。このあだ名は、もともとは少し違う意味を持っていた。中世の意味での「unready」は、準備不足というより無思慮な人を指した。おそらくこのあだ名は、「思慮のある」と訳されるエゼルレッドの名前に対する風刺の利いたダジャレとして生まれたのだろう。このあだ名が記録に登場するのは、王の死後一五〇年も経ってからなので、おそらく生前には使われていなかったはずだ。エゼルレッドの父のエドガー平和王（九四三頃～七五）というあだ名もどうかと思う。狩猟中に投げ槍で恋敵の腹を貫いたとされる君主なのだから。

世紀の列車強盗事件

そんなたいそうなものではない。一九六三年八月、一六人の強盗集団がバッキンガムシャーでロイヤルメールの郵便貨物列車から二六〇万ポンドを奪った。この事件は、イングランド史上最も大胆で有名な犯罪のひとつに数えられている。にもかかわらず、強盗のうちの九人はドジを踏んで数週間と経たずに逮捕された。犯人の大半は強奪した現金に手をつけることもできず、残る数人も警察から逃れるためにほとんどの金を使い果たしてしまった。

グリニッジ標準時

グリニッジがいつもこの時間で動いているわけではない。サマータイムのおかげで、毎年春になるとUK全土で時計が一時間早められる。これによって、国全体（グリニッジも）がグリニッジ標準時ではなく英国夏時間（GMT＋1）になる。

雲のようにひとり、あてもなく歩いていた……

イングランドの田園風景を詠った最も有名な詩といえば、おそらくウィリアム・ワーズワースが一八〇五年頃に書いたこの詩ではないだろうか。この一節を思いついたとき、ワーズワースはひとりでもなんでもなかった。この詩は、妹のドロシーと一緒に歩いていたときに、色鮮やかなスイセンの群生地にたまたま出くわしたことに着想を得ている。

キープ・カーム・アンド・キャリー・オン（平静を保ち、ふだんの生活を続けよ）

第二次世界大戦と深いつながりのあるメッセージだが、当時はほとんど見かけることがなかった。このメッセージの入ったポスターは、国民に来たるべき空襲に備えて心構えをさせるために、一九三九年につくられた。約二五〇万部も印刷されたが、掲示されたのはほんのわずかだった。このポスターを目にした当時の大半の人々は、それを上から目線で滑稽だと感じたようだ。一九四〇年一二月、カーディフのある店で買い物をしていた客は、空襲警報が鳴ったせいで、会計の途中にもかかわらずレジから追い返された。帰りに店の窓に貼ってあったこの掲示を見て、笑ってしまったという。いまや知らない人のいないこのフレーズだが、二〇〇〇年にアニックの書店にストックされていたポスターが再発見されて初めて注目されるようになった。なにくそと口を引き結んでいつもどおりに、というメッセージが客たちの琴線に触れたのだ。いまでは、グリーティングカード、冷蔵庫のマグネット、Tシャツなどの定番フレーズになっている。

リーズ城

リーズは、イングランド北部でとりわけ人口の多い重要なシティだ。人気の観光スポットのリーズ城は、車で四時間ほども離れたケントの奥深くにある。これらふたつは、まったく関係がない。リーズ城の名前は、有名なほうの北部のシティではなく、すぐ近くのリーズという村から来ている。

「M」

秘密機関について誰もが知っているのは、その存在が秘密であるということ……そして、その任務がいったい何かも秘密だが、しっかりと遂行されているということだ。対外諜報機関のMI6は、この張りめぐらされた秘密のクモの巣の一本の糸にすぎない。その長であるクモ——比喩を無理やり続けるのなら——は、ジェームズ・ボンドの映画シリーズに出てくる「M」としてよく知られており、最近ではジュディ・デンチやレイフ・ファインズなどが演じている。しかし、現実世界では、初代長官のマンスフィールド・ジョージ・スミス＝カミング大佐（Sir Mansfield George Smith-Cumming）に敬意を表して「C」と呼ばれている。大佐はきわめて思慮深い人物で、[26]自分の長々としたフルネームで署名する代わりに、カミングの「C」を走り書きした。この慣わしは、後任の長官たちによって代々受け継がれていった。「M」という呼称は、ジェームズ・ボンド作家のイアン・フレミングの創作で、MGS＝C大佐のC以外のたくさんあるイニシャルのうちのひとつを使ったにすぎない。「MI6」という名前も少々怪しい。組織の正式名称は秘密情報部（SIS）といい、MI6は会話で用いられる通称だ。

ミドルセックス

ミドルセックスはいまだに存在しているのだろうか？　以前、ミドルセックスは一九六〇年代に廃止されてグレーター・ロンドンに吸収されたというようなことを言って、おおいに炎上したことがある。わたしは、ミドルセックスを『ハリー・ポッター』の映画シリーズに出てくるダイアゴン横丁にたとえた。探すべき場所を押さえ、心から信じて強く願えば、ミドルセックスは存在する。でなければ、そこは廃止された、いまは亡きカウンティだ。

26　とはいうもの、彼は退屈な会議中にペーパーナイフで自分の脚を刺したことで有名な人物だ。脚はにせものだったが、そのことをほかの出席者たちは知らなかった。

そんなわけない、と信奉者たちは主張する。ミドルセックスのカウンティ・カウンシルは行政区画の廃止とともに消滅したかもしれないが、その名前は残っている。重要なのは、郵便局が区画変更後も数年にわたってミドルセックスを郵便カウンティとして使いつづけていたということだ。このような時代錯誤のやり方は、一九九六年、カウンティが郵便配達制度で完全に使われなくなるまで続いた。それでもいまだに人々は、たとえば「ライスリップ、グレーター・ロンドン」ではなく「ライスリップ、ミドルセックス」と書く。古い標識や有名なクリケットクラブ名などに、いまでもミドルセックスの文字を見かける。ミドルセックスは、政治地図からは消えてしまったが、文化的に重要な歴史的カウンティとして存在しつづけているのだ。

モリス・ダンス

イングランドの祭りの定番であるモリス・ダンスの起源は定かではない。中世に、ムーア人の踊りとしてスペインから入ってきたとの説もある。この踊りの由来について誰もたしかなことを知らないので、名称の表記をめぐって混乱が広がっている。ディスコ・ダンス（disco dancing）やサルサ・ダンス（salsa dancing）を大文字表記にする必要がないように、これも「morris dancing」と書くべきだと主張する人々もいる。とはいえ、大文字にしたい誘惑もある。「Morris」は男性の個人名でもあって、だとするなら大文字にすべきだからだ。もしもこの踊りが本当にムーア人（Moorish）の伝統に由来するのであれば、大文字の「M」とすべきだろう。しかし証拠がないかぎり、どちらでもかまわない。

ニュー・フォレスト

ニューヨークという名称は、一六六四年、ニューアムステルダムがイングランド人に占領されたときにつけられた。三五〇年前からある地名に「ニュー」というのは少し無理があるが、それでもニュー・フォレストに比べればたいしたことはない。ハンプシャーとウィルトシャーにまたがるこの森林地帯は、一〇〇〇年近く「ニュー」という形容詞を使いつづけている。一〇七九年頃に、ウィリアム征服王がここら一帯を王家の森と宣言して、この名前をつけた。世界初の土地台帳である『ドゥームズデイ・ブック』にも、「Nova Foresta」と記載されている。興味深いことに、この森はウィリアム王のふたりの息子――リチャード王子とウィリアム二世――の命を奪った。もしかしたら、この地を私有化した征服王に対する神の報復だったのかもしれない。

郵便切手と反逆罪

「いまだ撤廃されていない奇妙な法律」に関する記事でよくネタにされているせいで、多くの人が、切手の貼り方を間違えると刑務所に入れられると信じ込んでいる。どうやら、君主の肖像が描かれた郵便切手を上下逆さまに貼るのは違法で、そのような不敬は反逆罪とみなされる可能性もあるというのだ。元科学者として、わたしは自由を奪われる覚悟で、このことを検証してみた。読者のみなさん、切手を逆さまに貼った封筒は、なんの問題もなく宛先に届いた。尋問されることはいっさいなかった。反逆罪の脅威は、法律的になんの根拠もないつくり話だ。ということで、切手についておまけの事実を紹介したい。君主は必ず左向きで描かれている。しかし硬貨の場合は、何世紀にもわたって、そのご尊顔の向きは治世ごとに交代されてきた。女王エリザベス二世は右を向き、父親の前王は左を見つめている。

ヴィクトリア女王

このセンチメンタルな君主[27]は、生まれたとき、わたしたちの知っているような名前ではなかった。彼女は洗礼式でアレクサンドリナと名づけられたが、即位と同時にセカンドネームを選んだ。もしこの個人的な気まぐれがなかったら、人々はこんにち、アレクサンドリナ朝時代について語ったり、ロンドンのアレクサンドリナ&アルバート博物館を訪れたりしていたかもしれない。息子のエドワード七世もこれに続いた。彼は王位継承者時代にはアルバート・エドワード王太子――近しい人たちのあいだでは「バーティ」――と呼ばれていたが、

27　ちなみに、女王があの有名な「面白くありません」という発言をした記録はない。

即位後の名にエドワード七世を選んだ。そうすることによって、ずっと前に逝去した王配アルバート公が王室唯一のアルバートでありつづけられるよう、父親に敬意を表したのだ。名前を改めて国を統治したのは、エドワード七世の孫のジョージ六世で最後となった。彼もまたアルバート、正式にはアルバート・フレデリック・アーサー・ジョージ王子だった。最初の三つの名前が省かれ、ジョージが選ばれた。現在のプリンス・オブ・ウェールズ〔本書刊行の時点。二〇二二年以降は国王チャールズ三世。全名はチャールズ・フィリップ・アーサー・ジョージ〕は、即位時にジョージにしたい意向があることをほのめかしているが、既に七〇歳であることを考えると、メトシェラ王〔旧約聖書に出てくる、九六九歳まで生きたとされる伝説の人物〕のほうがふさわしいかもしれない。

シャーロック・ホームズ

イングランドの犯罪小説を代表する彼が、「初歩的なことだよ、ワトソン君」という台詞を口にしたことは一度もない。少なくとも、アーサー・コナン・ドイルの「正統作品」の中では。コナン・ドイルは「初歩的な」という単語を八回、「ワトソン君」という表現を八三回使っているが、このふたつが出会ったことはない。いまや象徴ともなっているこのフレーズは、のちに突然変異したもので、舞台化や映画化されて初めて使われだした。鹿撃ち帽や湾曲したパイプも、キャラクターにあとづけされたものだ。ちなみに、全話に出てくるロケーションをすべて地図に書きだしているときに発見した事実がある。ホームズとワトソンは、ノースウッドからチズルハーストまで、ロンドンのかなり辺鄙な場所にまでたびたび足を運んでいるにもかかわらず、ベイカー街の彼らの自宅からわずか徒歩一〇分のソーホーには一度も行ったことがない。

硬(こわば)った上唇

真のイングランド人たるもの、つねに上唇を硬らせておくべし、と昔は言われたものだ。このフレーズは、プレッシャーに直面したときの集中力、不動の心、揺るぎない決意を表すとされている。感情をいっさい表に出してはならない。男は男らしく、決して他人に己の恐れを悟られてはならない。要地を明け渡そうとしない負傷兵も、船とともに沈みゆく船長も、幼い子どもたちのパーティで逃げ場を失った父親も。ほぼいつの時代にもある男性のステレオタイプで――現在はなくなりつつあり、よい傾向だと思う――、英国人、とくにイングランド人によく使われる。それなのに、このフレーズがアメリカ生まれだというのは奇妙なことだ。その実例は一八一五年まで遡ることができるが、現在の意味で明確に使われたのは、一八三〇年のオハイオ州の『ヒューロン・リフレクター』紙（新聞名で、反射望遠鏡(リフレクター)のことではない）が最初だった。このフレーズはまた、デイヴィー・〝荒れ果てたフロンティアの王〟・クロケットの一八三四年の自伝でも用いられている。これ以上にアメリカらしいことはない。

トマス・ベケット Thomas à Becket

殺されたカンタベリー大司教から聖人・殉教者となったトマス・ベケットは、王族を含めなければ、一二世紀で最も有名なイングランド人だろう。彼の名前にはいつも悩まされる。名前のあいだにある「à」はいったいなんだ？　彼は「ベケット（Becket）」という地の出身だったのか？　そんなことはない。トマスの先祖たちはノルマンディーのベック修道院（Bec Abbey）の出身と思われるが、彼自身はロンドンのチープサイドにあるセント・メアリ＝ル＝ボウ教会（ロンドンの有名な教会）の向かいで生まれた。この「à」に歴史的な意味はない。当時は誰もそう呼んでおらず、四〇〇年後のテューダー朝時代になって初めて、誰かが「〜出身の」を意味するフランス語の「à」をつけ加えようと考えたらしい。Thomas à Becket は「間違い」だと手きびしく言うつもりはないが、とくにアクセント記号つきの文字をタイプするのがとても面倒に思える現代において、真ん中の文字は不必要だろう。

虚偽事実のニュー・ウェイヴを起こそう

ここまでイングランドのたくさんの俗説やステレオタイプの嘘を暴いてきた。そろそろ新しいものに置き換える頃合いだろう。以下はどれもでたらめだ。ぜひこれらを事実として広めるのを手伝ってほしい。そうすれば、いまから一〇〇年後に、誰かがこの本の続編を書いてくれるかもしれない。

＊M１モーターウェイが建設されるまで、ワトフォード・ギャップと呼ばれる裂け目はほぼ通行不可能だった。車を運転する人は、ノーサンプトン経由で一六キロメートル（一〇マイル）の距離を迂回しなければならなかった。

＊スコーンは、スクーンの石にちなんでその名前がつけられた。どちらも同じくらいかた

くて不味い。

＊セヴァーン川（Severn）は、グロスターに本営を置いたローマ帝国の「第七軍団（the Seventh Legion）」の兵士たちによって名づけられた。同様に、トレント川（Trent）とダーウェント川（Derwent）はいずれも、イースト・ミッドランズを拠点とした「第二〇（Twentieth）」軍団が転訛したものだ。エイヴォン川（Avon）とエクス川（Exe）にはもっと複雑な語源があるが、基本的には、それぞれ第五（V）軍団と第一〇（X）軍団から名前が取られている。イングランドにある河川の三分の二が、このようなやり方で名づけられたと推定されている。

＊一九五〇年代になるまで、イングランド人はロブスター（lobster）を「lobcester」と綴っていた。

＊ラトランドにハリネズミはいないが、その理由は誰も知らない。

＊いまだに撤廃されていない法律によって、クリーソープスの海辺でロバに乗ることはもちろん、クリーソープスの海辺で誰かがロバに乗っているところを見かけただけでも違反になる。ただし、ロバが長靴を履いている場合は、違反とはならない〔クリーソープスの海辺では、一九四〇年代からドンキー・ライド

が人気を集めている」

＊ドーヴァーの白い崖は、近くで見るとカプチーノのような汚いクリーム色をしている。海のしぶきで太陽の光が屈折して、白く見えているだけだ。

＊コーンウォールの名前は、ハドリアヌスの城壁に似ているものの、コスト削減のために干し草の塊でつくられたローマ帝国時代の要塞に由来している。

＊ブレグジットとヨーロッパ法の廃止によって、ヨークの城壁からイングランド人がスコットランド人を撃つことがふたたび合法となった。

＊シティ・オブ・ロンドンはイングランドで最小のシティである。しかし、たくさんある超高層ビルの床面積をすべて含めれば、ハンプシャーほどの面積になる。

＊政府は、ロンドンが広範囲に及ぶ地盤沈下と海面上昇に耐えきれなくなると予想される二〇三〇年に、議会をベッドフォードシャーに移すことを密かに計画している。ベッドフォードシャーが選ばれたのは、内陸に位置しているうえ、ルートン空港があって利便性もよいか

らだ。

＊ランズ・エンドからジョン・オ・グローツまでの過酷なトレッキングに挑む人々は、逆まわりの行程を考えてみるべきだ。地球は湾曲しているので、北から南へ向かうトレッキングなら、ほとんどが下り坂になる。

謝辞

有益なアドバイスをしてくれたマーク・メイソンとマーティン・デイヴィスに感謝したい。

ブリティッシュ・ニュースペーパー・アーカイヴがなければ、数々のストーリーの長らく失われていた詳細を掘り起こすことはできなかった。

訳者あとがき

緑美しい田園風景、絵本から飛びでてきたようなメルヘンな村々、古きよき歴史を残す中世都市、流行をリードするロンドン、音楽、文学、映画、ファッション、スポーツ、ロイヤルファミリー、パブ、紅茶……。英国（正式にはグレートブリテン及び北アイルランド連合王国）は、挙げればキリがないほど多方面に魅力のあふれる国です。日本で暮らす日本人のわたしたちにも、たくさんのイメージがパッと思い浮かんでくる、とてもなじみ深い国かと思います。しかしその一方で、わたしたちは、英国という国をどのくらい正確に理解できているでしょうか？　なんとなくは知っているけれど、実はあまりよくわかっていない……という方も多いのではないでしょうか？

やや辛辣な指摘に聞こえてしまったかもしれません。ですが、気後れする必要はまったくありません。世界中の多くの人たちも（アメリカのあの大統領も）、さらには英国に住んでいる英国人だって、本当のことはよくわかっていないのですから、と本書の著者のマット・ブラウンは書いています。というのも、英国とは四つのカントリーからなる連合王国であり、歴史を通じて、それぞれの国が対立したり、連合したり、独立を求めたりと、単一国家にはない複雑な関係性の中で発展してきた経緯があるからです。とくに単一国家の日本に住むわたしたちには、想像の及ばない部分もあるでしょう。さらに日本には、ブリテンだの、英国だの、イングランドだの、連合王国だの、UKだの、同じ国を指す呼称がいくつも存在します。これでは混乱するのも仕方ありません。

そもそもイングランドと英国って同じじゃないの？　とアメリカ大統領のような疑問をお持ちの方は、本書の冒頭に定義づけがなされているので、そちらをまず確認してみてください。でも、どうか深みにはハマらずに。イングランドが英国の中のカントリーのひとつだということだけ理解できれば大丈夫。あとは本書を思いっきり楽しんでください！　読み進めているうちに、きっとイングランド、ひいては英国通になっているはずです。

本書は、そんな英国の中のカントリーのひとつであるイングランド（イングランドに絞っている理由についても、著者の冒頭の言い訳をご覧ください）について、これまで語り継がれてきた俗説の嘘偽りを、根掘り葉掘り、ブリティッシュユーモアたっぷりに暴いていきます。一般常識や固定概念、伝統や時代の隔たりによって、真実がいかにコーティングされてしまっているか、はっと気づかされることでしょう。インターネットなどであらゆる情報が錯綜している昨今、その正しさや意図を見極める力がより問われるようになってきています。事実をどこまでも追い求める著者の姿勢には、参考になるところがたくさんあるように思います。中には、揚げ足取りのようなものもありますが（笑）。

このように、本書は軽やかなタッチのおもしろ雑学本と言えるかもしれませんが、扱われているトリビアは歴史、文化、芸術、伝説、地理など多岐にわたります。ビターな皮肉とアカデミックな教養が共存する本書は、矛盾に満ち、すっきり割り切れない厄介ごとでいっぱいのイングランドを紹介するのにじつにふさわしい一冊ではないでしょうか。ぜひ、おおいに笑いながら、知識を深めていただければ幸いです。

最後に、本書の邦訳版をつくるにあたってご助力くださったみなさまに感謝申し上げます。

二〇二五年二月

風早さとみ

マット・ブラウン（Matt Brown）
10 年以上にわたり、ロンドンとイングランドに関することを専門に執筆を行っている。Londonist.com 編集長。すべてのカウンティを訪れたことがあり、そのうちの 5 つのカウンティ（ミドルセックスがまだあると思うなら、6 つ）で暮らした経験を持つ。ほかロンドン、科学、アート、宇宙、人体、地球の六冊の『Everything You Know』シリーズを上梓している

風早さとみ（かざはや・さとみ）
明治学院大学大学院文学研究科修了。大学の非常勤講師等を経て、書籍翻訳に携わるようになる。これまでの訳書に『場所からたどるアメリカと奴隷制の歴史』『ステータス・ゲームの心理学』『スカートと女性の歴史』『［図説］世界の性と売買の歴史』（原書房）などがある。

Everything You Know About England is Wrong
by Matt Brown

First published in Great Britain in 2019 by Batsford,
An imprint of B.T. Batsford Holdings Limited, 43 Great Ormond Street, London WC1N 3HZ
Japanese translation rights arranged with Batsford, an imprint of B.T. Batsford Holdings Limited, London through Tuttle-Mori Agency, Inc., Tokyo

あなたが知っている
英国はすべて間違い
歴史、王室、芸術から食べ物、エンタテインメントまで

2025年3月21日　第1刷

著　　者　マット・ブラウン
訳　　者　風早さとみ
装　　幀　和田悠里
発 行 者　成瀬雅人
発 行 所　株式会社原書房
〒160-0022 東京都新宿区新宿1-25-13
電話・代表　03(3354)0685
http://www.harashobo.co.jp/
振替・00150-6-151594
印　　刷　新灯印刷株式会社
製　　本　東京美術紙工協業組合

ISBN 978-4-562-07522-5 printed in Japan